科技散文
KE JI SAN WEN

丁秋林　著

东南大学出版社
SOUTHEAST UNIVERSITY PRESS
·南京·

内容提要

作者是理工科教授、博导,几十年游弋在科技前沿,引领学生做最新研究。在中外学术交流中,深入探索中西文化差异,收获颇丰。逐渐摸索出一条科技与人文结合之路。

本书用通俗语言,站在哲理高度,分析最具市场前景的新一代信息技术发展动向,倡导在新技术革命的背景下,将敏锐的前瞻眼光和脚踏实地的做事精神完美结合,全身投入信息化浪潮。

本书剔除技术细节,讲述技术研究的人文背景,针对科技发展与人文精神未同轨发展的现状,力倡传承中华传统文化,践行文理相融相通之路,谈古论今,妙趣横生。

本书梳理处世心态,力荐融合儒家入世的竞争心、道家忘世的包容心和佛家出世的平常心,积极参与批判,坦然接受评判,既享受成功的喜悦,也享受失败的警醒,在成功与失败的得失之间,不断丰满人生。终生拥有执著的"爱情"观:热爱工作,真情待人。

诸多重大问题,作者以散文形式,给人以启迪。心到笔下,以科技为背景,形散神不散,强调科技与人文融合,走文理相融之新路。文理结合之路,值得各行各业借鉴、力挺、推而广之。故本书取名为《科技散文》,以区别于文科的散文。

图书在版编目(CIP)数据

科技散文/丁秋林著. —南京:东南大学出版社,2014.8

ISBN 978 - 7 - 5641 - 5107 - 2

Ⅰ.①科… Ⅱ.①丁… Ⅲ.①散文集—中国—当代 Ⅳ.①I267

中国版本图书馆 CIP 数据核字(2014)第 175392 号

科技散文

出版发行	东南大学出版社
出 版 人	江建中
责任编辑	张万莹
社 址	南京市四牌楼 2 号(邮编:210096)
网 址	http://www.seupress.com
经 销	全国各地新华书店
印 刷	南京玉河印刷厂
开 本	700 mm×1000 mm 1/16
印 张	14.5
字 数	260 千字
版 次	2014 年 8 月第 1 版
印 次	2014 年 8 月第 1 次印刷
书 号	ISBN 978 - 7 - 5641 - 5107 - 2
定 价	34.00 元

(本社图书若有印装质量问题,请直接与营销部联系。电话:025 - 83791830)

序

✳ 在科技与人文的交汇处布道解惑 ✳

十年前,我拜读于先生门下攻读博士,有幸成为先生的关门弟子,十年来耳濡目染于先生独树一帜的科技人生观,令我终生受用!

先生长期以来一直从事企业信息化、计算机辅助设计与制造、信息系统集成的科研与教学工作。在一线从教 55 年(1959—2013),培养的博士后、博士和硕士近 140 名。先生又是一位博古通今、文理兼修、中西比悟的现代践行者。他以技术研究为背景,纵思古今,融汇中西,对当下科技发展与人文精神不相适宜的现状,在从教实践中力倡传承中华传统文化,走文理兼修相融相通之路。先生还是一位对中西文化有着深刻感悟的智者,早年的留学经历、科研生涯、出国访问、学术交流使先生的思想逐步系统化,卓然成家。解惑之道,行之而成,收获之人,曼妙人生。

科技与人文的齐驱并驾,使人类文明延续与发展,更是历史发展的必然。科技离开了人文,等于没有了营养的供给,科技发展也就不可能持续。先生认为:人文精神是科技的灵魂,没有文化深度的科技即使是先进的,也是"残缺"的先进。他对科技与人文代表了当今世界的发展方向和精神内核理解为由两个三部曲构成:一是"自动化——数字化——人文化";二是"产业经济——知识经济——人文经济"。综观历史,无论是科技还是社会的发展历程哪个不是按照这三部曲演进的呢?其实,人生亦如是!当今世界是高度信息化的世界。先生告诫我们：信息时代,文理要相通。如果不跨学科,不嫁接新技术,没有丰富的想象力和创造力是难以创新出成果的。跟随先生做研究,先生不仅传授我们如何发现问题、应用和建立理论分析、思考并解决问题的方法,更多的是指点我们如何从人文精神的层面思考问题、对待人生。平时,先生不仅要求我们提高投身科技必须具备的理论深度和实践能力,而且要求我们在从事科学研究中始终贯穿着人文意识和人文精神。他通过言传身教,把科学技术严谨的逻辑思维与人文科学的发散的形象思维相互渗透、相互支撑,使技术研究不再是枯燥的数字、公式和理论,而是具有丰富内涵的融科技与人文、中学与西学两种思维模式的统一。这给予了我们全新的启迪。

科技与人文是统一的。科技是立世之基,人文是为人之本。人文的精髓在于求善,科技的精神在于求真,凡是精神都是人文的。因此,科技精神也是人文的,是求真的人文精神。先生以"信息化"、"国学"、"人的和谐"构成的"信息时代三角形"理念阐述并践行科技与人文的统一,统一于人的和谐,统一于以人为本。然而,现代科技革命推动了社会的高速发展,同时也进一步细化了社会分工,学科呈现不断细分和专业化的趋势,这虽然有利于科技的进一步发展,但同时也日益加大了科技与人文的分化,造成了科技和人文的疏远和隔离。当前教育,文理分科,泾渭分明,专业越分越细,越走越窄,越学越偏,造成搞理工科的不通"文"、学文科的不懂"理"。这种科技与人文的矛盾分化困扰着我们,科技似乎进步发达了,但科技人员的快乐感、尊严感却没有得到相应的提高。对此"流行病",先生给出"偏方一剂",曰:科技散文。科技论文,有"学术规范",重逻辑推理,以推"理"为主,记录科研成果;科技散文,则可自由抒情,重形象思维,以谈"情"为重,表达思想感想。科技人员,通过科技散文,有感即可发,有"情"即可抒,以文释怀,陶冶情操。情理结合,情趣盎然,使科技与人文融合回归,从而推开人文之门,开启心灵之窗,开拓创新之路。

先生一手紧握信息化工具,一手牢抓人文精神,一脚踏实国学传统,一脚踩准西方文化,身体力行,修行布道解惑。他从工程、计算机、软件、企业管理等基础入手,深入探讨哲学、心理学、国学,联结东西文化,边研究边实践边传授边总结,把"国学现代化"和"中国特色信息化"融合,通过归纳太极图的深邃内涵,凝练出了信息化时代大智慧理念,基于大智慧理念探索总结了知识转为智慧的智慧链的概念及其方法,揭示如何融汇"国学现代化"和"中国特色信息化"来提升智慧,指导和设计人生。先生历半个世纪之努力,集诸子之长,成一家之言。他在全国范围就此讲演报告近 400 场,听众人次数以万计。先生融信息化技术和国学于一体、自成系统的思想体系,尽显于已出版的《企业信息化咨询》《现代企业信息化重构》《客户关系管理》《信息化纵横》《技术与人生》《技术与人文》《技术与和谐》《技术与智慧》《海峡两岸人文之旅》《技术与国学》等著作中,如今即将付梓待发的《科技散文》一书将全面、完整地体现先生关于科技人生观的核心思想,令人充满期待。

最后,感谢恩师,他不仅给我了莫大的荣誉:邀我为这部集中他从教一生而汇集成的思想之著作序;同时也促使我更进一步理解先生之科技人生观,且悟且行,必益吾终生。先生思想深邃,吾述之尚浅,不敢冒揣,谨为序。

徐晓明

2014 年 5 月 26 日于励学大厦

目　录

求道篇

永不言休 ………………………………………… 3

梦路艰辛 ………………………………………… 6

世界梦 …………………………………………… 8

智慧百年 ………………………………………… 10

春夏秋冬又一载 ………………………………… 13

科技活佛 ………………………………………… 15

爽字行 …………………………………………… 16

老子天下第一 …………………………………… 17

美国大选 ………………………………………… 19

书的魅力 ………………………………………… 23

美国报纸 ………………………………………… 24

中国制造 ………………………………………… 25

文化大道 ………………………………………… 27

别有洞天 ………………………………………… 30

儒·道·佛三教归易 …………………………… 32

补法大全 ………………………………………… 34

新技术随想 ……………………………………… 37

科技散文

知理篇

性·钱·权谁最霾? ……………… 41

告示 ……………………………… 42

对鬼谈情 ………………………… 44

人生如茶 ………………………… 46

做梦 ……………………………… 48

以文会友 ………………………… 49

忘与不忘 ………………………… 50

孙悟空云端看世界 ……………… 52

父亲节与名牌 …………………… 54

宠儿与弃婴 ……………………… 55

汉字简化的功过 ………………… 57

长者为尊 ………………………… 58

明德篇

过年送礼 ………………………… 61

志军悲歌 ………………………… 62

正能量 …………………………… 64

心灵之雾 ………………………… 66

饮食男女 ………………………… 68

夜侃"管理" ……………………… 70

标题党与准标题党 ……………… 72

随想录 …………………………… 73

几则杂感 ………………………… 75

实度年华 ………………………… 78

悟觉篇

心之苦乐 …………………… 83

老年六窍 …………………… 85

淡泊怡远 …………………… 88

以文养心 …………………… 90

狗当人养 …………………… 91

开心元素 …………………… 92

狗性与人性 ………………… 94

智慧人议智慧心 …………… 96

沁心篇

过年啦! …………………… 101

体验美国现代化医院………… 103

在"云端"中康复…………… 106

侃心情好…………………… 108

人生几何…………………… 110

梦之情……………………… 111

危言耸听…………………… 113

孝顺女儿…………………… 114

后花园……………………… 115

养生新法…………………… 116

Simon 和 Adele …………… 117

我的生活充满阳光………… 119

移动的晚餐………………… 122

结缘篇 ｜ 丁秋林老师的书 …………………………… 125

听众来信 …………………………………… 127

建筑论文之浅见 …………………………… 128

北戴河开场白 ……………………………… 129

三位挚友 …………………………………… 130

旁侃"爱情" ………………………………… 132

东海南山 …………………………………… 135

遥祝陈金大喜 ……………………………… 136

智慧城市建设 ……………………………… 137

信息社会如何弘扬国学 …………………… 139

国学与信息时代演讲稿 …………………… 141

智慧名言 …………………………………… 215

跋:穿越半个世纪的智慧 ………………… 217

求道篇

十二月九日夜，天大雨雪，

光坚立不动，迟明，积雪过膝。

师悯而问曰：『汝久立雪中，当求何事？』

光悲泪曰：『惟愿和尚慈悲，开甘露门，广度群品。』

——释道原《景德传灯录》

永不言休

人生时间短促，应永不言休。

"国学与信息时代"从 2004 年到 2013 年，前后十年，十年磨一剑，普通人难有此恒心，我就此课题讲了近四百场，场场反应热烈。

"国学与信息时代"这门课在北大 CIO 培训班被称为大牌课、招牌课，学生的反应极其热烈。我在北大图书馆一路讲下来，越讲学生的反应越好，课程的系统性、理论性越来越强，听众大呼过瘾，称讲课者为真正的国学大师。

应邀在北戴河中纪委监察部高级培训班讲课，反应之好，出乎主持人意料。听众来自全国各省市，他们都是反贪高手与骨干。北戴河是夏季休闲胜地，我也乐于去讲课。今年是十三个班联合上大课，我照样讲得有声有色，掌声不断。一位来自广西的厅长说：电视上演"舌尖上的中国"，我在听"心尖上的报告"，边听边想后半生如何工作。

各地、各行、各业，纷纷邀请我前去交流指导，反应极好。对此我权当鼓励与鞭策，更坚定自己的选题及方向，对不同意见，更加深入思考，取其所长，补己之短。

在几十年实践基础上，通过理论上提高，系统化思考，上升到哲理高度。

将内容分为九大部分，各自独立，互相衔接，对讲述、理解、应用均十分方便。九部分目录如下：

1 大智慧
世界总模型
中华文化源头
信息化源头
爱情图腾

2 智慧链
知识链
智能链
智慧链

3 智慧人
君子自强不息
"人"字新解

4 智慧心
心与四大名著
心与集成

5 慧通天下
入梦
敏思
勤干
慎言

6 智慧创新

工程实践者

计算机科学家

企业管理者

心理学家

哲学家

科技散文作者

自由自在演说家

7 中国特色信息化

"点线面体"法

天地人神鬼

8 国学现代化与信息化

任何学说要与时俱进

9 人生设计

人生百年

人生三坐标

人生梦的实现

梦路艰辛

　　我是理工科教授，在南京航空航天大学执教了五十五年，超过半个世纪，每日朝起暮归，比和尚击鼓撞钟还准。一直在做梦，从汤显祖的"游园惊梦"，到今朝的"中国梦"，今日才真正体会到梦的魅力。

　　我喜欢游弋在科技前沿：飞机制造工程；机械制造；计算机原理应用；企业管理；企业信息化；计算机集成制造；技术与智慧；智慧链；网络化；大数据；云计算。跟着时代潮流跑，一直做科技先行者，显然不做先烈。在科技海洋游弋，是要奋力而向前的。游在最首，才能引领潮流。

　　我更欣赏中西文学，钻研专业书累了，扎入人文海洋，别是一番乐趣。我指导博士生，也是这个样。课题攻不下，去他的！咱们爬山划船去，从大自然获取灵感。科技与人文结合之路，越来越受欢迎！

　　我一边深入实际，一边总结提高，写了近二十本专业书。近十多年渐渐转向，以科技为背景，将科技与人文结合，出版了六本非技术著作，我取名为"科技散文"集，自己觉得颇具匠心，在各界也颇负盛名。

```
                    ┌─────────────────────┐
                    │   海峡两岸人文之旅    │
                    └─────────────────────┘
                       ↙            ↘
              ┌───────────┐      ┌───────────┐
              │  燕园情怀  │      │ 觅访三教寺 │
              └───────────┘      └───────────┘

    ┌─────────────────┐          ┌─────────────────┐
    │   技术与人生     │          │   技术与人文     │
    └─────────────────┘          └─────────────────┘
      ↙            ↘               ↙            ↘
 ┌─────────┐  ┌─────────────┐  ┌─────────────┐  ┌───────────┐
 │ 声   明 │  │ 世界级导游  │  │ 东方哲理导读 │  │ 另类序言  │
 └─────────┘  └─────────────┘  └─────────────┘  └───────────┘

              ┌─────────────────┐
              │   技术与国学     │
              └─────────────────┘
                      ↓
              ┌─────────────────┐
              │    吾@吾友       │
              └─────────────────┘

    ┌─────────────────┐          ┌─────────────────┐
    │   技术与和谐     │          │   技术与智慧     │
    └─────────────────┘          └─────────────────┘
            ↓                            ↓
    ┌─────────────────┐          ┌─────────────────┐
    │   科技散文       │          │   大爱无垠       │
    └─────────────────┘          └─────────────────┘
```

　　我是乐观的现实主义者。年近八旬，仍应邀在国内外讲"国学与信息时代"，走科技与人文融合之路，半个多世纪，我走了一条艰苦求道之路，深知没有梦想成真，只有梦路艰辛。梦的魅力推动人类永远进步。

世 界 梦

当今世界关注的"习奥会",提倡建立"新型大国关系",可谓是"世界梦"。

2000多年前,雅典历史学家修昔底德提出一个精彩见解,正是雅典的崛起,让斯巴达感到极其恐惧,使得这场战争无法避免。

1500年以来,在新兴大国与占统治地位的大国的15次竞争中,有11次以战争告终,人类承受了巨大的劫难。

当今,中国快速崛起,美国霸权承受巨大的挑战。按修氏见解,通常都会引发战争。现代战争,是海陆空、太空、网络全方位、立体战争,给人类带来的将是核毁灭。

习氏主政,研究了大历史,以巨大的勇气、远见和智慧,提出在中美之间构筑"新型大国关系"。

奥氏连任总统,他是务实的,国内矛盾重重,在国外碰到的难题,无一能避开中国。他从美国的长远利益出发,积极会晤习氏,共商如何避免中美一战,避开修氏预言。

习奥共商如何打造"新型大国关系",绝对是"世界梦"。

毛泽东、周恩来的智慧,尼克松、基辛格的胆识,中美终建交,40年的中美交往、交流、竞争、恶斗,大体你中有我,我中有你。世界不向G2(两个大国)发展,而向C2(Cooperation,Cordination,合作与协调)过渡,有利于中美各自国内建设,有益于世界和平与繁荣。这确是习奥的历史重任,需要几代政治家的努力。

　　万事开局难，找个庄园，说点真话，交个朋友，绝对务实。此庄园是沙漠中一块绿洲，世外桃源，与赌城拉斯维加斯环境相似。室内宜人，户外似火，温度高达46℃。习奥看似轻松，实在是46℃环境下斗智斗勇。开局难，路漫漫，中国梦、美国梦、世界梦，梦难成真，但愿梦成真。

智慧百年

智慧产权

知识、智能、智慧的概念十分重要，我在国内外许多场合，阐述了三者的联系与区分。十分遗憾，这些概念的界定若为大众所接受，尚待时日。最恨许多商家将智能产品冒充为智慧产品，混淆视听，妄图占领新品高地。

土地、资本、知识产权概念为公众接受后，智慧产权的概念又脱颖而出。在中国大陆与台湾的表述中这些概念相互冲突，一时很难扯清。

智慧产品、智慧产业、智慧产权等概念会逐步为公众所接受。

上　山

古代，强盗上山，占山为王，如水浒中的好汉。

蒋中正到台北草山，居高临下，风景优美，择此山建行宫。避"草山"，这种说法太俗，蒋中正一直崇拜王阳明，特下令将草山改为阳明山，现阳明山已开放为旅游景点。

近代富人均上山建豪宅，靡然成风，世界潮流。

近年发现，国内的好山好水，都沦为富人别墅区，高高的围栏，保安护控，闲人免入。

中国是社会主义国家，要给百姓留点空间。我是乐观的现实主义者，美国许多山上建有豪宅，富豪西归后，均捐出作为旅游景点。我活长些，等这些豪宅变景点，再去欣赏也好。

富人上山，修行人生，富而且贵，才是智慧人生。

四种人

@想挣钱，挣不到，人生可惜。

@想挣钱，能挣，人生太累。

@想挣钱，能挣钱，会生活，这种人OK！

@对钱看得稍淡，却有足够的钱花，精神自由，人格独立，过有尊严的生活，这种人逍遥、自在、浪漫、智慧。

智慧百年

我们的网络上有一种很奇特的现象，中国的博客、论坛大都谈论政治，国外大都谈论兴趣爱好。而在国内产生重大影响的不少政治事件，公众首先是从网上知道的。这就说明两个问题：第一，互联网或者手机，正在成为公民参与政务探讨的日常渠道，变得越来越重要；第二，事实上也说明其他参与渠道不够通畅，所以都挤到网络上来。假如其他公共参与的渠道很好、很通畅，我国的网络政治就不会是这个样子了。

政治文化变迁。年青一代人跟我们这一代人很不一样。现在很多年轻人对政府不满，对改革开放也不满。一说起美国的趾高气扬、台湾问题解决不了、腐败现象这么多、房价还越来越高……不少年轻人就对政府不满，气不打一处来。我们老一代人就不一样，虽然也同样看到社会存在的许多问题，但不会这么激进。我们认为，跟过去比，我们国家在社会政治经济方面的进步实在是太大了，不少问题恰恰是由于社会变迁太快引起的。这就是政治评价标准的不同。年轻人的标准是横向的，主要跟欧美等发达国家比较，认为我们国家在许多方面和人家比还有很大差距；而我们老一代人的评价标准主要是纵向的，更多的是拿现在与过去比。年轻人更多以民主、自由、平等这些标准来评价政府行为，这叫做政治文化的变化，这是一个深刻的进步。我对此感到特别高兴，因为这说明我们的年青一代比我们这一代进步了，这也是我对我们民族的未来充满乐观的信心之所在。

智慧人应茶书相依，酒诗相伴，心灵与先哲沟通，智慧百年，这才是真正的现代人。

春夏秋冬又一载

2012年春天是在美国度过的。前几次访美，浮光掠影，这趟在北卡州（北卡罗来纳州）玩得尽兴，三代人自驾出游，享天伦之乐，大西洋海滩风光驻留心田。

2012年夏日，重游北戴河，向来自全国各省市的朋友提供了一场"讲到心尖上的报告"，又结识了许多新友，获多方诚挚邀请去他们的地盘做报告，开心不已。北戴河是每年夏季我都乐意去的度假胜地。在山海关老龙头，登高回味历史，秦始皇、曹操、毛泽东，风流人物今何在？

2012年秋季六次北上做报告，北京大学三次，国家信息中心三次，场场演讲尽兴而归。好在北京、南京之间乘高铁，三个半小时，比乘飞机方便，加上一等座的舒适，确比美国、加拿大、欧洲、澳大利亚都便捷多了。

2012年寒冬，南下广东在东莞讲"云的力量"，在佛山讲"养心与心经"。研究理工学科，用现代观点诠释佛经，非常有趣。读书、思考，形成自己的思路，讲有格调、有自己特色的话。我演讲，于我来说就像在讲故事，听众又似乎在静心倾听古典音乐会。

春夏秋冬又一载，东西南北乱跑，国内国外乱窜，还利用零星时光，出版了新书《技术与国学》。生活的历练，高于生活的写作，编辑汇总。书名定夺，交稿，版式设计，封面设计，初校、二校、三校，终审，付印，发行。与编辑张万莹女士、张玉玲女士反复商榷，她们费尽了心血。以文会友，一本新书作为新年礼物，送给朋友与学生，是我的人生乐趣。

生活呀生活，其实就是一生干活。人家注重健身，我从不刻意，一切顺乎自然。倒是很在意用儒家和佛家的思维揣摩"精神健美法"，用道家的炼丹术提炼"心态健美丹"，全部自试、自用，效果不错，秘不外传。外传怕误人，现代骗子太多。人白天醒着，一定要觉醒，不要被人消费。

现代科技发展快，却在异化人的大脑。网络在使人脑简单化，电脑、电视、手机三个屏幕控制了年青一代。现代化没有给人带来快乐感，却带来了压迫感。少年学点儒，学会做人做事；中年学点道，世情看透想得开；老年学点佛，一切放得下。

年轻人不要被商业化压迫，不要被"大师"约束，走出自己的艰苦成长模式，探索出自己的发展空间，摸索出有自己特色的生活平台。模式、空间、平台三点支撑您的人生，那才叫幸福！

科技活佛

我去各地观光时一直追寻佛祖出生、出家、修行、布道的足迹。在印度看到的观音较庄严，男性；在南京看到的观音极其慈祥，女性：心中纳闷、诧异。从此便留心观察，印度观音、四川峨眉山观音、江南观音……原来，佛像从男性向女性演变是一个渐变的过程。佛像是可变的！

现代寺庙从供烛火，改用电灯了，既卫生又方便。英国伦敦威斯敏斯特大教堂电气化了，法国巴黎圣母院电气化了，中国西藏拉萨布达拉宫也电气化了：宗教仪式现代化是大趋势。

现代寺庙，方丈用电脑上网、用智能手机联系信徒、出山门开豪车，比比皆是，方丈的生活也在与时俱进。

现代科技工作者内心压力大，人生彷徨。不少人在努力从中华传统文化中寻找到达心灵彼岸的方法。科技在与传统勾连，技术在与人文融合，这是人类发展的正途。

今日乘动车从北京去北戴河，这几年每夏都光顾北戴河，海滨风光总让人想起毛泽东、曹操、秦始皇三位万古风流人物。我想，虚化佛祖尊像为科技活佛驾祥云（云计算、云生活、云时代），右手托 iPad，左手持智能手机 iPhone 5，供现代人供奉。让科技活佛发散智慧灵光，让信众爆发灵感，升华灵魂，实现庄严的科技梦。

爽字行

夏日高温，咱也算高龄，坐高铁，应邀去北大、国家信息中心、北戴河中纪委培训中心等单位为高水平听众做报告。本人废物利用，尚能承担如此重荷，内心爽快，爽朗！

岁月不饶人，我适度调整作息时间，谢绝一些活动，保持静思慢行。世事纷攘，不扯政治谈远见，做善于思考的哲人，做乐观的现实主义者。

我认为人生有四个层次：知识、智慧、灵感、灵魂。多数人在知识层面玩，搞技术变成被技术搞。要做智慧人，有灵感的现代人，有灵魂的哲人。

说灵感，她就来了。我想构思一幅现代佛像画。丁端坐中间，将其虚化：左手捧 iPad，右手持 iPhone 5。背景是佛门祥云，云计算铺天盖地，云时代呼之欲出，佛祖的大智慧光芒带领现代人步入云时代。佛像嵌入现代元素，为佛学现代化提创见。本人，老而未朽，也是现代化佛门信众，或现代哲人！爽！快！

老子天下第一

青少年在一起玩，喜欢打斗，好称：老子天下第一。这是玩笑话，不必认真。

此话其实是对的，"老子"当然是天下第一。老子是中国的，更加是世界的。中国文化如一棵参天大树，这棵大树的根就在道家，在老子。《老子》一书的核心是讲"道"，内容深邃，博大精深，对现代人做人行事的方方面面有极大的指导意义。

庄子是老子的传人，他的创新思想是极其独到的，中国文人、政治家，均受到他的深刻影响。文人读庄子，多研究其文化、文风等方面，我读庄子，另辟蹊径，从科技角度归纳了庄子的十大创新，颇为风趣。庄子写作的《秋水篇》，让人百读而觉趣味无穷。

老子和庄子，合称为老庄，被公认为是道家始祖。

孔子是圣人、伟大的思想家，他提出的"仁"的思想，成为儒家核心思想，影响了全世界，至今孔子学院走向世界，没有哪位思想家有如此强的时空穿透力。建设年代尊孔，造反年代批孔，孔子是批而不倒，越批越香。

孔子讲仁、孟子讲义，史上并称孔孟为二圣，可见孟子地位之崇高。孔孟成为儒家代表人物。

孔孟老庄四子无人不知、无人不晓，我今天推出的是第五子——毛子。

应邀赴台湾讲学，正值马英九、陈水扁竞选台湾地区领导人，宴会上讲笑话，我说：左马右扁是什么字？主人笑而未答。我说，有两种人的话不能信：一是政客竞选；二是年轻人谈恋爱。大家听后哈哈一笑。

继而观光中台山寺庙，此庙特点颇多，西式建筑、僧尼共存……接待我们的是位女方丈。她谈经高雅，仪态端庄，请我站在寺庙的中心点，和古代圣人沟通心灵。待我默默走出寺庙中心点，她问我刚才与哪位圣子沟通。我答曰：与毛子（毛泽东、孔子）沟通。她大为惊奇。我解释道：中国最伟大的思想家才能叫家。如孔孟老庄，加上毛泽东，可以并称五子。我娓娓叙述，她频频点头。

时下中国大师多如牛毛，这些大师好多都是骗子。大师的起码条件是：要有传世之作，传世思想……台湾的李敖，大陆的易中天，均自称为大师。可李敖已江郎才尽，易中天只能叫易冲天……

大师、大树、大家、大旗，四大皆空也。

美国大选

　　美国华裔对美国大选比美国百姓还关心，看中自己喜欢的角色，投上一票，实现自己的选举权。

　　我在美国看美国大选，颇获另感：

1

　　美国大约有 1.5 亿有选举资格的选民。在上次的大选中，大概只有 1 亿人参与了投票，这个数字是很可怕的。伊拉克数年前第一次参与选举投票的人数比这个数字比例高很多。也许美国在帮助别国推进民主制度方面比完善本国的民主制度做得更好。

　　然而，选举时的低投票率真是一件坏事吗？考虑到也许那 1 亿没有投票的人是因为意识到自己对很多议题或候选人的情况并不了解，所以决定不去投票。如果是这样的话，我倒认为这是件好事。

2

　　在观看当前共和党内总统候选人提名辩论会时发现，每个候选人都在迎合眼前绝大多数人的"随心所欲"以获得更多的选票。这可能就是民主制度存在的问题。

　　研究表明，候选人只要在一两个问题上与选民利益一致，比如堕胎或移民，就可以轻易获得他们的选票。

　　不是还有更多比流产和移民问题更深远和更重要得多的事情影

响着其他所有美国人日常生活的问题吗？但选民投票时并不理智，不会依据候选人真正有能力解决的深远问题来投票的。

其实，堕胎和移民问题是不可能立马解决的。然而，这些问题又是为人们所津津乐道，争论不休的。

所以，此类过程，即民主过程，允许公民把和他们一样相信那些问题（堕胎和/或移民）的人放在权力位置，也许那个人在其他方面，作为这个世界上最强大的国家里最强大的人来说绝对不称职。

3

选民还可以把国家推向"流行观点"变得疯狂的方向。国家采取行动制定政策是感情用事，而不是基于深思熟虑的事实。伊拉克战争就是一个很好的例子。我并不是反对战争——我只是反对愚蠢的战争。

有很多糟糕的政策是因大众需求而制定的。基本上，群众都是带着感情色彩呼喊着要做某件事。然后，要做正确的事情你就要对这件事有所了解。如果你不懂，那就去搞懂，或者干脆不投票。你不会不试驾就买车吧。那么为啥要给一个你都没有研究了解过的人投票呢？你可能会因为他宣扬的某个观点比如"移民"跟你观点一致而投他的票，但是你忘记了他要增加你的税收，损害你的权利，拿走你的福利，或者把你的孩子或者你自己送到愚蠢的战场上去。

4

为什么国会的支持率只有12%？而下一次大选，他们中80%的人又会重新当选。你知道这是为什么吗？因为他会有样学样，其他政客怎么做，他也怎么做。并且指责所有的一团糟都是别人造成的。因为，普通选民从来不会去看他们的参众议员们实际操作时对议题是如何投票的。他们会听到电视上蜻蜓点水般的评论，说他们的参众议员们仍然在反对堕胎，反对移民。然后，他们就继续投票给他。

5

《美国总统是不可靠的》这本书在大陆就能买到。奥巴马打着"Change"的旗号上台当总统，他之前仅是科级干部，一下"勇"挑重担，看来一时难以改变美国社会积弊。朝秦暮楚不稳定，奥巴马成史上对华政策最不靠谱总统。

中美关系是21世纪最重要、最复杂的双边关系。面对中国经济崛起和军事实力的快速提升，美国将战略中心转向亚太。而在执行奥巴马对华政策的各种角色中，最活跃的是希拉里国务卿。对于奥巴马来说，他给中国的感觉似乎更符合他在2008年参加竞选的口号"We Can Change"，在两国的博弈游戏规则中，以"不可靠、不稳定"的特点而著称，属"善变总统"。

百姓调侃，换总统就像换条内裤。

6

政治分化。

布鲁金斯学会高级研究员加里·伯特利斯认为，美国会出现政治分化，随后会缺乏对当前经济萧条有力和连贯的政策反应。美国进入政策不确定期。

美国总统、整个众议院和三分之一的参议院都面临改选。如果某个政党控制了白宫和国会，那么执政党的选择可能会对经济造成巨大的后果。两党之间日益加大的党派和意识形态分歧构成了对今后经济决策最重要的影响因素。

在与商界打交道时，共和党人和民主党人曾号召两党需行动一致。大多数共和党领导人逐渐放弃曾经治疗经济萧条的标准方法。他们现在选择治疗经济停滞的方法包括大幅降低公共开支和新一轮缩小国家对经济干预的范围，但这些策略遭到了民主党人的坚决反对。两党之间的深刻分歧使得他们难以选择和执行一系列连贯的政策来应对萧条局面。

他们可能会面临一场政治僵局，使得政府没有履行基本联邦职能的预算和为正常运行提供资金的借款能力。这个国家已经进入了政策不确定期，除非某个党派获得了毫无疑问的选举优势，否则这个时期还将继续下去。

"理性的投票人"这个词现在看来可以说是一个神话了。大多数投票人是不知内情的。只要有一两个议题是他们的挚爱（堕胎、移民、好的基督徒，等等），那他们就给那些在这个方面与他们志趣相投的人投票。

"知情的公民"是民主社会的理想。但是，普通公民无意成为知情者，而特殊利益者却早已有图谋。大多数人都在忙于生计，而不是忙政治。特殊利益群体（支持生命、反对或支持移民、军队制造商、军工复合体，等等）就有其明确的利益。

是谁把公众推入这等境地的？因为公众对参选官员的真实政策以及思想方式在他们真正任职之前并不知情。

所以，要做一个知情的投票者，才能行使你的权利，太难了！

民主是个好东西，它不是西方专利，中国如此之大，历史如此之长，人口如此之多，发展具有中国特色的民主选举之路，任重道远。生搬硬套学人家，是没有出路的。

书的魅力

晨曦，打开 iPad，邮件、短信、微信一大堆，搞得人忙无头绪。信息洪流，吸引您的眼球，搞得您心烦意乱，不知先看哪个好。近期做了点分析，摸着点头脑。

邮件：抬头有我，结尾有他（她），中间有与彼此有关内容，认真读下去。无头、无尾，仅附件而已，还要快转，特快转，尽快转，转了好运，转了发财……此类邮件不打开，删去，多为宣传产品、群发邮件。好处越多、奖品越丰富，越不值得看。

短信：群发短信，无头无尾，转一段漂亮文字、警句、诗词，无个人感悟。转发来去，好材料变成垃圾，时下短信几乎成为文字垃圾坊。

微信：腾讯的微信发展极度快速，给人交流带来极大方便。但是男人、女人、色情，太多太多。小三充满版面，贪官无处不在，杀人放火天天皆有。原创的好素材太少太少。

邮件、短信、微信给人生活带来方便，也附上大量垃圾。我摸索到这些特点，每天快速检索，找出有用的不过几件而已。把握时间，用来读书与写作，读书、思考、写作，让我心情愉快，心里愉悦。书的魅力无穷。网上见多识浅，书才能让你静下心来，思考人生。

美国报纸

歌星惠特妮二月十二日夜猝死，十三日报纸头版大照片尽展惠特妮昔日风采，消息铺天盖地，歌迷无限怀念。

球星林书豪狂胜，公众狂喜，总统奥巴马也连连称道，美国几乎所有公民为之癫狂，热闹非凡。

习近平主席刚好于十四日抵达美国华盛顿进行国事访问，美国各大媒体对此报道少而偏，中国人对美国如此行事很不习惯。

美国报纸第一部分是重要新闻，歌星猝死、球星狂胜绝对是新闻，而对政要访问只是例行报道。第二部分是 Money and Stock（钱、股票）。第三部分是 Sports（运动）。第四部分是 Life（生活）。各种媒体大体如此。

美国公众对政治不感兴趣，关心家庭生活；中国公众对政治太感兴趣，无暇顾及家庭生活。这是东西方文化差异。

中国年轻人热衷于考公务员，美国未见此怪现象。残疾人，是社会关照的弱势群体，他们当公务员，照章办事，为大家服务，无利可谋。对总统、州长、议员这些官员，美国社会有一张无形的网，包括法律法规、记者与公众视野，用这张网牢牢罩住他们。官员拥有权力，但这张网严格限制他们将权变为利，更加控制他们追逐特权。美国官员服务时间到期，该干吗干吗去，无终生保障可言。我指导的博士生，要以术求道，以道创新；千万别以术谋权，以权谋私。

任何媒体，各侍其主。同一世界，世事万千，各种媒体会做迥异的选择，就算对同一件新闻，报道角度也大相径庭。别把脑子交给编辑、评论员、写手，他们也在谋生，各种八卦，看看而已。

中国制造

春晚伴随国人过大年，热闹纷呈三十载。美轮美奂，美而空。奢华有余，欠缺深度。春晚一台"热闹"而已，而已，而已。导演、演员累得人仰马翻，何必苛求。期望越大，失望越深，赶场庙会，何必抱什么期待与希望，以轻松心态，瞧瞧而已。

春晚的亮点是每年制造出几位明星与臭星，似星空流星，转瞬即逝，浅薄也。春晚投入之大，中外少见；舞台之华美，全球之冠。造星效果，更是世界之最。佩服春晚的制造力，无与伦比。但愿春晚娱乐化，让百姓高高兴兴过大年。

今在美国过圣诞、元旦、中国年，深感中国制造的威力。美国超市，绝大多数商品由中国制造，价廉物美，中国百姓的汗水改善了美国人的生活，美国媒体还说三道四，政客竞选总拿中国说事，世道公平何在？

西方圣诞，家人团聚，安静祥和；中国人把圣诞打造得热闹非凡，商人忙挣钱，官员忙收礼，百姓凑热闹，年轻人趋之若鹜，完全变了味。在美国过圣诞与在中国过圣诞之别，好比上西餐馆之安静与中餐馆之热闹，全然迥异。

中国人造神的能力也极强，百姓用泥巴捏捏，其中夹以稻草固之，火烤，上彩，涂金，开光，造就了众寺庙的神仙、菩萨、罗汉。点上香火，供上贡品，跪而拜之，越拜越灵。百姓造神，拜神；历代帝王，最喜造神，自谓真龙天子，享受百姓朝拜。自五四运动到"文化革命",狠狠地扫了一下神的威风,毛泽东反封建,最近看到毛泽东被塑成了神像,供在店铺里,享受香火,这真是对历史的讽刺。

阳澄湖螃蟹,味美,越吹越美,远近闻名。三年前,在阳澄湖边餐馆,四十八元一只大蟹;到南京大饭店,变成一百八十八;再到香港太平山饭庄,又变身为四百八十八。今年在南京看到一只八两重的大蟹,标价九千八百八十元,让人咋舌。公款吃喝,越贵越吃香。真想造一尊蟹神,保佑世人发财。

中国制造能力极强,Made in China,风光无比,造就了一批中国富人,全球买名牌,洋人折服。往前看,再过三十年,中国智慧将呈现给世人。土地、资本、知识,所谓知识产权;国际上正开始强调智慧产权,中国智慧,博大精深,从此角度,中国年青一代要传承中华智慧,让其在信息时代发扬光大。

从中国制造到中国智慧,那才是中国真正强大的标志。

文化大道

美国文化

美国历史短，欠传统文化，没有历史包袱。立国大智者华盛顿创导了新道路，举国富有创新精神，几代人努力，创建了富有张力的现代文化，在当今世界产生极大影响力。

我在十年前调侃，美国的 CHD 文化风靡全球，C 代表 Casino（赌），H 代表 Hollywood（好莱坞），D 代表 Disney（迪斯尼）。这三者让世界民众趋之若鹜。美国是一个在轮子上的国家，我在美国外出办事时"目中无人"，只见千辆汽车呼驰而过，而未见一人，故曰"目中无人"。快餐文化的出现适应了现代社会极快的生活节奏，尽管肯德基在美已走下坡路，在中国却快速发展，南京的肯德基店已超过百家。

有人说美国是天堂，也有人说美国是地狱，我说美国既不是天堂，也不是地狱，还是人间。夏洛特是美国快速发展的城市之一，宁静祥和，我去的理发店，上个月工人杀了老板，把他抛进垃圾桶，令人难以想象。

美国总做出一幅保护知识产权的高姿态，以强者自居。总而言之，美国是这个世界上后起之秀，现代文化优势显著。近十年，麻烦顿起，问题丛生，皆因"霸"字而生。世界上的智者、精英均在思考美国文化的走向。

中国文化

中国文化历史悠久，博大精深，中华文化几千年生生不息，这在世界史上罕见。世界上多种文化濒临灭绝，中华文化历经近代苦难，却在快速崛起。

儒家以包容见长，擅长吸纳各种他乡文化。佛教在印度衰败，在中国生根，佛教中国化。经过中国千年努力，佛教被公认为中华文化第二大支柱。道教崇尚自然，人法地，地法天，天法道，道法自然。儒、道、佛三家相互渗透，又各自特色鲜明。儒家的正气、佛家的和气、道家的清气，正和清是中华文化的大智慧。

现代世界面临诸多困境，靠西方的"技"，难找到出路，世界上的智者转而找东方的"道"，以求突破人类困境。中华文化以道见长，中国人要大力弘扬中国文化，对人类做出新贡献。

和平繁荣

转型时代世界各国正在被拖入一场旷日持久的大动乱之中，危机四伏的局面可能要持续相当长一段时段。

这场大动乱在内外两个方面同样会给中国带来深刻的影响和冲击，而中国度过国际动乱期、最终实现和平崛起的出路和机遇恐怕也蕴含在其中。

未来中国的大战略，应当着眼于如何在这场大动乱到来之际保持中国的相对稳定，以及在大动乱中如何因势利导，引领社会的变革朝着进步与稳定的方向前进。

康德在他的《论永久和平》一文中说，世界最终会以下列两种途径之一实现永久和平：通过人类的大彻大悟或通过巨大的冲突和灾难，后者之巨大程度，需大到让人类再无其他选择。

基辛格博士在他 2011 年面世的新著 *ON CHINA* 中意味深长地引用了这句话。现在看来，人类在全球化时代，不自觉地正把自己推向康德所预言的第二种途径。

美国军力世界第一，中国经济力量可望占世界首位。美国保和平（驻军撤，海外战场收），中国促繁荣，中美互补。中美应走竞争、双赢、济天下之路，世界将会变得和平繁荣。

四教融合

孔庙祭孔子，寺庙拜佛祖，道观叩老子，香火鼎沸，各拜其神。我利用古籍中的线索，在贵州镇宁郊区找到一座"三教寺"，孔子、释迦牟尼、老子，三位尊者端坐正中，公众朝拜三叩首，三教融合，胸怀坦荡，多好境界！

多想，将基督耶稣和中国的三神合供在一座寺庙中，建四教寺，四教融合，和谐世界。世世代代，化解纷争，经过千万年努力，人类生活在四教融合的大同世界，这才是我心中的文化大道。

智者领航

智者在现实的烦躁中沉默，在残酷的环境中愤怒，都无济于事。我是心态淡定，人生积极，永远在乐观中前进，相信中国、世界的明天会更好。企盼大智者领航，坚持走文化大道，建设美好的中国，美妙的美国，美丽的世界！

别有洞天

人生百年，我将圆满的百年，划分为四个象限。0 到 25 岁，成长学习；25 到 50 岁，成家立业；50 到 75 岁，回报社会；75 到 100 岁，享受人生。我早过了退休年龄，总是退而不休，干啥呢？

我从南京航空航天大学讲台走向江苏，从北京大学讲台走向全国，从英国曼彻斯特大学理工学院（UMIST）讲台走向世界。伴随上述三个走向，走遍中国，玩遍世界，游哉人生。老残游记，另辟蹊径，在上述三个走向基础上，又开了三家店。

第一家店的招牌是"演讲"。 早年讲飞机制造技术，计算机应用技术；继而以技术为背景，讲管理与人生；再讲国学与信息社会。人生三个坐标，X 坐标为终生不断学习，Y 坐标为终生不断创新，Z 坐标为终生追求智慧。从研究能量平衡转向心态平衡，演讲内容不断深化，年年出新，思想深化，形成独到的系统与风格。每场演讲，交一批新朋友，口口相传，朋友越来越有格调，这家店客户暴增，红红火火，人走茶不凉。

第二家店的招牌是"出书"。 人不读书是悲哀；读书读书，读死书，死读书，读书死，更是悲哀。读书要进得去，出成果；要出得来，过好日子。我的专业是理工类，读技术书；业余喜爱古今中外人文杂书，读书杂，营养丰富。文理分科太细，是现代教育的歧途。我逐步探索，走技术与人文相结合之路，一路走来，边走边写。十年间先后出版了《技术与人生》《技术与人文》《技术与和谐》《技术与智慧》《技术与国学》等一套书。我把这套书谓之"科技散文"集。以文会友，以文养心，交了许多挚友。微信热闹，摇一摇朋友就出现在我眼前。

第三家店的招牌是"咨询"。从恋爱到人生，从新女儿经到现代企业管理、先哲创新、现代云计算与大数据，什么都喜欢，天上地下都能侃。我是不入流的儒，不吃斋的佛，不炼丹的道，儒道佛兼修，弘扬传统文化，坚决反对复古，反对封建迷信。以茶会友，茶书相依，酒诗相伴，别样人生。"咨询"这家店让我实在忙不过来，古有"守财奴"，我是"守时奴"，我不守财，就是时间还不够花。

三家店让我的人生路越走越宽，干的活越来越有趣。随心所欲，每天做自己喜欢的活，活得开心。

美国总统、英国首相退下来，生财之道是"演讲"、"出书"、"咨询"三件事。他们是名人，捞大钱，为钱而忙。我是教师，无权无势，但江湖上挚友不少，我为友谊而忙。他们与我既殊途又不同归。名人走红地毯，钩心斗角；咱百姓过斑马线，心地坦然。

人生走自己的路，才别有洞天。

儒·道·佛三教归易

儒教是中华文化的主流，在绝大多数朝代都占主导地位，为历朝统治者所推崇，为儒生所崇拜，为百姓所景仰。道教在中国大地土生土长，由于道规严格、繁琐，不易遵守，除少数朝代外，始终在山林中发展，难得全国统治地位。佛教是从印度传过来的，由于经历了很好的地方化，吸纳了许多符合中国国情的元素，得以在中国民间广为流传。三家轮流兴旺，形成了中华文化三簇奇花、三大支柱。

《易经》为群经之首，形成年代久远，传说为神人所著所传所授，现无从考究。但三教皆受其巨大影响，是不争的事实。自古至今，迷于儒、信于道、痴于佛者，各信其教，终其一生，只有个别中道改变门户的。

英文中的 Temple，儒译为庙，道译为观，佛译为寺，其实都是宗教信徒集会的地方。有一年我去贵州省讲信息化，主人顿顿茅台酒招待，我不胜酒力，提出去访三教寺。主人丈二和尚摸不着头脑，我把古书上讲的当地有座三教寺一事说出，引起了大家的兴趣。众人结队前往，在深山古刹处，终于寻找到该寺。寺内孔子端坐正中，左释（释迦牟尼）右老子，三位尊者一同受拜。三者相安无事，和谐共处，亲如兄弟，天下太平。

儒家要终生读书，考取功名，范进中举，百姓愁笑。有的人尊儒，但不擅读书，还不如务农、做手艺去，搞碗饭吃，养家糊口。

道规太严，难以遵从。佛家是多神的宗教，信什么就会尊什么菩萨，从最基层的灶王爷、灶王奶奶、土地老爷，直到玉皇大帝，想发财，可拜财神爷，十分宽松，十分合意。各地均有地方色彩的菩萨，各行有各行神仙，山神、海神，无奇不有。由于佛教的神的多样性，极其宽容，各拜其神，互不相斥。一个庙里，成百上千神圣，各找其信徒。佛家的包容性，让她在百姓人家极受欢迎。儒尊孔，道拜老子，佛什么都可以拜。佛教流传最广，从中国往东南亚、直到全球各角落，都有僧人脚印，这在于她的包容性。

佛家的流派又极其繁多，难以一一介绍。下面概要叙述我的一些观点：

我是不入流的儒，在主流，总开会，不自由；不吃荤的佛，清规戒律太多，忌吃荤，不自在；不炼丹的道，道规难守。我喜儒、道、佛兼修，时而入世，时而出世；有时也涉猎基督教、伊斯兰教。将学来的世界观和方法论，用于科技研究和提高生活品质。

中国的三教合一思想，提倡了几千年，却推广不开。若要实现世界的五教合一，可能几万年也推广不动。人间之争，往往是文化之争；人间之斗，往往是宗教之斗。以地球历史观察，人类尚处幼稚阶段，还要争夺下去，何年才能世界大同，不知道，但总有一天会世界、人类大同。难以想象这条艰辛路的艰巨性和长期性，这就是历史长河吧！

补法大全

药补

中国人信药补，历史悠久。美国人不太信药补，爱运动。美国人生产的补品，基本上都销往中国。美国人不怎么吃西洋参，全由中国人带回来作为高档药品送人。我也做过此事，不太贵，又好带，送人拿得出手。

古代帝王拥有天下，普天之下，莫非王土。希望万岁，稀世补品便成了高档贡品。

有钱人盼长寿，也痴迷补品。

现代商人为了挣钱，推出稀奇古怪的、花样繁多的补品，贴上贡品标签，补品造假严重，骗老百姓的血汗钱。

食补

药补不如食补，千真万确。眼下物质丰富，超市食品应有尽有，问题在于食品安全与否。

一般瓜果、白菜、豆腐，价廉物美，就怕农药多，农民自己都不吃。高档瓜果、时令蔬菜，价格比美国超市的还贵。食补虽好，食补也难。

茶补....

茶含各种维生素，养身提神，有百益而无一害。

"茶"字很有考究，上草下木人在中间，人在草本之中，无闹市喧哗，享受人间难得之宁静。

我在翠屏山揽翠苑别居的书橱中，收藏有孔、老、毛、陆四尊塑像，陆为茶圣陆羽也。这足以见证我对茶补的迷恋。

书补....

药补、食补、茶补，不如书补。

读书、读书、读死书，死读书，读书死，这是古人方法，今人不宜再用。读进去，出成果；读出来，过好人生。我的 PC、iPad、iPhone，成了我无穷尽的电子图书馆。不上图书馆，可读万卷书。我是现代书痴，喜欢知识到痴迷的程度。书痴享受别样人生，实为现代稀缺的智者。读书让人思考自己来自何方，情归何处。读书让人感恩，感谢命运。我是心到笔下，人书合一，独立思考，别样人生。

心补....

心放下，万事空，心灵空旷无垠。人有归时，精神无涯，达到天人合一的境界，心补是养生的最高境界。

人生要有作为，我是：

为而不争，

身心自由；

为而不有，

身心自在！

　　药补、食补、茶补、书补、心补，从俗到雅，花钱越多，效果越不佳，不花钱而养心，在喧嚣的社会，有其特殊的价值，老少皆适，官民皆适。

　　一片好心，一片婆心，一片苦心，劝君信心补，这是养生的最高境界。心补离天人合一仅一步之遥。

新技术随想

IT 安全管理会议

IT

I 不仅代表信息（Information）

　　更代表智能（Intelligence）

　　集成（Integration）

　　创新（Innovation）

T 不仅代表技术（Technology）

　　更代表思想（Thought）

安全

　　安：女人有家才安，家有女人才安。

　　全：人在上，王在下。

管理

　　管：草民在上官在下，管理不是官理。

　　理：过去中文竖写，管以理做基，要理解、理顺。

大数据时代

云

　　云计算，云平台，云服务。

　　更重要的是云安全、云智能、云智慧、云文化。

大数据（Big data）

　　更重要在于大主意（Big idea）。

知理篇

凡主将之道，

知理而后可以举兵，

知势而后可以加兵，

知节而后可以用兵。

——苏洵《心术》

性·钱·权谁最霾？

　　为性斗，为钱争，为权杀，自古至今，无有例外。科技散文，心到笔下，极少涉猎到性、钱、权，可以生活在人间，行走在沙漠，游弋在海洋，思考在云端，给人更广阔的虚拟生活，这是我爱好的秘笈。

　　自古以来，丛林法则，狮子、老虎、猴子，占山为王，拼死相斗，为的是性的优先权。

　　人类出现，物质文明，渐入佳境，财富炫目，有钱则不缺性，卖娼自古有之。人们转为积财，为财不择手段，不讲仁义，斗得人死人亡，更加残劣。

　　人们又惊又喜，发现有权就有一切。有权，天下莫非王土，金钱、美女，全属于大王的，谁都想当皇帝老子。

　　性、钱、权交叉斗在一起，性用美人计，有钱者行大手笔行贿，王者照单全收。历史有惊人的相似性，尽管细节稍有不同。在复杂的较量中，充满誓言与谎言，谎言不等于誓言，誓言可能等于谎言。

　　性、钱、权谁最霾？当然是权最霾！权最让百姓痛恨。

　　一个社会人人想当官，呜呼！

　　百姓叹，未当上官，拜菩萨，望子女当官，呜呼！

　　读书人，一心想考公务员，当个处长，呜呼！

　　只有当官的日子难过，百姓日子才好过，这才是清明社会。百姓盼，不知到何年？这是中国梦的重头剧！！！

告　示

世事纷纷，人事攘攘，气候多变，人心躁动。

读书，才能静下心来；静下心来，才能读好书，拯救自己的心灵。

朋友问我，近况如何？答曰：

老而不弱，极少病，更不残。口味好，睡眠香。手有劲，脚有力。动以健身，静以养心。

与杜建成先生新交，我是书痴，看来他也是一个书痴。痴者，知识多到病的程度也。两人自嘲自乐，不啻别有情趣。两人阅读几部好书：

《尚书》

《画说易经》

《新经济模式如何改变世界》

《新工业革命》

《幸福商数》

《正觉》等佛教文化典籍

世风日下，皆因不读书之故。媒体放大事端，蛊惑人心。望有识之士，写点好书，让世人不但醒，而且是觉醒。我不自知，总想写点话，给朋友提个醒，其实是凑乱。

　　茶书相依，歌酒相伴，热爱生活，拥抱自然。品茶有三重
境界：

　　"茶"字，蕴含人生在草木之间，茶客热爱大自然。

　　"茶"字，代表一百零八岁，饮茶长寿。

　　禅茶，人生一盅禅茶而已，品茶，心静，入禅。

　　我是靠智慧游弋于智能时代，小辈给我的生日礼物是苹果手机
iPhone 5，又可玩 iPhone 啦！明天是世界读书日，让我们一起来读
书吧！

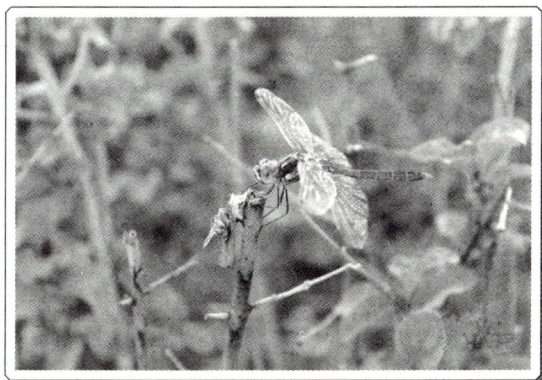

对鬼谈情

中国百姓讲"日本鬼子",是语言学的伟大创造。过去有人讲"中日一衣带水,世世代代友好下去",简直是对鬼谈情。现在又有人声称"日方要承认错误,回到……",又是在对鬼谈情。

日本鬼子有两面大旗:民族主义和民粹主义。前者强调大和民族的伟大与优秀,以壮右翼士气;后者煽动百姓,为天皇送命。日本二战战败,不思悔改,渐渐显露出军国主义本性。要日本鬼子改变本性,真是对鬼谈情。

中国宅子大,兄弟不睦,容易闹鬼,先人请法师来家,烧香拜佛驱鬼。越拜鬼,鬼闹得越欢。只有自家兄弟和睦,阳气上升,正气压住邪气,鬼才不敢闹。家和万事兴,自家不和,什么鬼都敢来闹。

中国社会巨变,外汇储备世界第一,工业基础雄厚,交通建设一流,人才辈出。变化天翻地覆,负面影响也突现。权鬼神气,钱鬼神通,色鬼神灵。权鬼、钱鬼、色鬼,三鬼胡闹,鬼气冲天。有人甚至把三鬼当三尊菩萨顶礼膜拜,悲也。日本鬼子是外鬼,权、钱、色是内鬼,如果内外鬼勾结,危也,险哉!

钓鱼岛之争,钓什么鱼?对鬼谈情,只会谈出汉奸来,白费力气。中国人充满信心,反贪腐,镇内鬼;多造航母,核弹打远,外鬼才会怕,才不敢来胡闹。

一个人在世上要有本领，一个民族在世界上要有实力。对鬼谈情，白搭；对鬼讲实力，有效。中华民族，百年受辱；百年奋斗，全球经济领先，当"老大"的日子也不远了。

跟随先烈，努力打拼，中国人一定可以稳坐钓鱼台，爱钓什么鱼，就钓什么鱼，与日本鬼子无关。

人生如茶

"命"是失败者的借口，叹命不好，怨生不逢时，对自身努力却缺少反思。

"运"是成功者的谦词。通过自身努力，打造适合自身条件的独特的成长模式；融入社会，创造适合自身特点的可持续发展的空间；历经生活磨炼，建立富有自身特色的生活平台。一个模式，一个空间，一个平台，要付出艰辛。成功者往往说自己是撞大运，实为谦逊。

世界美丽，人生苦短。百年人生，我也过了四分之三，至今无"三高"（高血压、高血脂、高血糖），无病痛，无忧怨。有钱花，有友情，有大爱，可谓之"人生三有"。

我是一份目标，十份努力，却获得百份回报。社会给我的回报远远大于我的付出。我胸无大志，做好本职工作，无名，江湖上却常听到丁的故事。

您不能干，有人踩您；您能干，肯定有人忌妒您，古今中外，概无例外。在外用大气化解矛盾，在内用柔情享受唠叨。一生不玩人，凭自己良心，一生不被人玩，全靠智慧。

单凭书本知识，知而不智，万苦之源。我是儒、道、佛兼修，控心而已。儒道佛博大精深，某些"大师"却用农业社会的老办法，在信息社会骗钱，可叹，可悲，可恨。我的方法是深入浅出，儒家是拿得起，道家是想得开，佛家是放得下，将这些理念结合起来用于工作、生活，听众说我的报告：听得懂，记得住，用得上，讲到心尖上。不弄玄虚，不走穴，不包装，原生态，以文会友，广结善缘。

　　人生苦短，苦恋人生，及时享受人生，快活过好每一天。茶书相依，酒歌相伴。我酷爱读书，喜欢写作，擅长演讲，乐于旅行。我是茶的粉丝，从喝茶、饮茶、品茶，到茶艺、茶文化、茶德，甚觉其味无穷，其妙无尽。人生如茶，茶如人生。人走茶不凉，才算命运好！

做　梦

梦是记忆的非逻辑联系，老人做梦多怀旧，青年做梦多幻想未来。

自古至今解梦的书颇多，稍加包装粉墨登场的解梦新书也热销。详评颇难，今议流行的美国梦。

留学美国，俗称镀金，后称镀银，现称镀铜，甚至称电镀。可见时代变迁，海归贬值之快，令人诧异。

近年留学美国人数暴增，留学生、小留学生、小小留学生，在美国到处可见，蔚为壮观。美国科技发达，教育开放，人才辈出，涌向美国读书，可以理解，有条件者谁不为之？

不花钱，或花很少钱，获奖学金，来美国读一流大学，是培养下一代人才与富豪。花百万、数百万，来美国读二、三流大学，甚至不入流大学，可能造就的是庸才、败家子、穷人。

美国过去经济好，给奖学金，吸引优秀人才，获签证难。今日美国经济拮据，也把教育当产业，来者多多益善。有的大学人满为患，留学扎堆，甚至专设中国学生班，效果可想而知。年轻人做美国梦，家长要给子女做好人生设计，千万别误孩子，又给自己增加久久脱不掉的负担。

美国教育出人才，千真万确。美国教育也出许多懒人、笨人，比比皆是。中国人不要做傻子，辛苦一辈子，为了子女留美，费尽心机，结果误入歧途，一场梦变为一场空。

以文会友

酒肉朋友，铁哥们，干爹，风光一时，很快不吃香了。

我见领导，从来不叫领导，统统叫名字。一叫领导，是迷魂汤；二呼领导是麻醉剂；三喊领导是春药；四唱领导是毒药，毒死为止。

我有一位博士生，高升副局长，同学频频敬酒，祝贺荣升。我送给他两句话：

官场非久留之地，请君自留一片蓝天白云！

他要我重讲一遍，记在手机上，立即发给夫人。我进而调侃，升官发财，钱交给夫人管，不要留小金库，男人钱多就变坏。到七老八十还牵手才好。家家防火防盗，还要防小三。男人喝了酒快回家，工作在外，心要留在家里。一番即席调侃，又交了一批朋友。

我还有一位博士生，要去某地任信息中心主任。我说：今后不再找你了，你当官太忙；只有你哪天在牢房，无人理你，我会给你送饭。我们师生一场，他真的感动不已。

我一生对穷学生、穷朋友是格外热心的。茶水相依，酒诗相伴，以文会友，不亦乐乎！开窗呼吸山风，傍晚月亮从山岗升起，书中自有月亮爬上来。

时下电脑、电视、手机流行，很少有人读书。我高呼：书的魅力无穷，书对人的影响至深，还是以文会友，激发能量。

忘与不忘

人生舞台，人生如戏，人生如梦。

世界大事，如看大戏。乌克兰内战争，非也，是外战。两强争，两族政客斗，双方阿斗打。一台大戏有得看……你又不是联合国秘书长，管不了。

中国"大"事：舞台年年、月月、天天、时时、刻刻在变，眼花缭乱，似变非变，本质难变，发展快，形式无时无刻不同。一台中戏异彩纷呈，也好品味……你不了解背景，管不着。

大学"小"事：校园网十分热闹，其实舞台小，无太多实质内涵，大家瞎想与瞎忙。忙、盲、茫，读死书、死读书、读书死，缺乏智慧领路。小事也不要你过问，问了惹事。

家庭"琐"事：柴米油盐酱醋茶，打牌钓鱼上网吧。闲扯、扯淡占据百分之九十九，无聊。此琐事可消遣，问了烦神。

大事、小事、琐事都可以忘记、忘掉。

高龄，两件事不能忘，一辈子当教书匠，教书育人。

做人：三分为己，七分为人；学生看你怎么做，不听你怎样说。过去称老师，现在叫老板，值得老师反省。

读书：三分读书，七分品味，品出书的魅力，独善其身，升华人格。老师跑机关拉关系，找企业人士喝酒，官商学抱团，学生只好在研究室打游戏，师生均不务正业。只有老师静静地回到该坐的地方，研究室才会人丁兴旺，出成果。

我一生坚持做个教书匠，天天与年轻人为伴，挺开心的。终生热"爱"读书，真"情"待人，这是我一生的"爱情观"。朋友、毕业学生、亲友见面，古今、中外、文理即兴侃侃，开心而已 ，别把什么事情都装在心中，怨气冲天，伤身瞎操心。老了就记这两件事，够了。

孙悟空云端看世界

世界太乱了，俺老孙一个筋斗，升至云端，睁开火眼金睛，纷争尽收眼底。

五虎相斗

美国、中国、俄罗斯、欧盟、日本，五虎争斗，势不相让。

两狮相争

USA VS CHINA。美国控制日本，拉拢欧盟；中国依靠俄罗斯。两边斗，表面是新型大国关系，实际是你进我退，两者争王也。

斗争的复杂性还在于涉及政治、军事、经济、科技、人文方方面面，特别是世界的科技水平突飞猛进，将社会推向扁平化，改变了斗争形式和内容。

"三毒（独）"内闹

"台独"、"疆独"、"藏独"，"三毒（独）"由于历史、地域、人文、宗教各异，各个时期闹心方式不同，但是实质不变，总是想脱离中华大家庭，做不能实现的虚梦。

五虎斗，两狮争，"三毒（独）"闹，不得安宁。要用《易经》的大智慧、《道德经》的哲学、《孙子兵法》的战略战术、《三国演义》的案例与对手斗争，别指望只胜不负，胜负乃兵家常事。

眼下媒体一股燥气，认为只能赢，不能输，这会绑住决策者、指挥者的手脚，难以取得胜利。

俺老孙站得高，看得远，徒弟们不能性急呀！

父亲节与名牌

今日是父亲节，穿上新的"爱步"鞋（Ecco），北欧产品，在美国售价 60 美元。我在淘宝上搜一搜，标价是人民币 1 999 元，竟为美国价格的 5 倍。

今天用 iPhone 5，智能手机引导生活智能化，它将各种通讯手段融合，GPS 嵌入地图软件中，给出行带来极大方便。iPhone 5 在中国市场价格为人民币 5 028 元，在美国市价仅 600 美元。太不合理。

苹果 iPad 已玩了一年，过去出去学术交流要带一大堆资料，现皆录入其中，要什么信手拈来，太方便了。一本（平板电脑）在手，可知天下。

名牌时兴，年轻人趋之若鹜。我是自然主义者，崇尚简洁自然，素来叽里咕噜讽名牌。近些年来，不知不觉被名牌绑架了，而这些皆子女所购、朋友所赠、毕业多年的学生所送，未增加经济的负担。反正自己不买名牌，不做冤大头。

年轻有为，顶多吃穿用"品牌"，甚至"无名牌"。努力使自己提高素质，人成名牌，一切不求之而有之。

我生性简朴，唯工作求精。水到渠成时，享受名牌心安理得。人成名牌，就是人的收获季节。

年轻人全身名牌，唯独人不是名牌，那是啃老族，切莫为之。

宠儿与弃婴

易中天，语不惊人死不休，有胆有识，让中国大学里历史教授、博士生汗颜，这些人都怎啦？

本人学识浅薄，与易大师肯定老死不相往来。

据我看，有三点推动了他忘乎所以。

一狂：他要写五千年历史，最近五十年他写得清楚吗？越远越可大胆胡扯。狂人李敖吹自己第一，最近似乎江郎才尽，我在香港写过一篇对李大师不敬的小评论。狂人皆自我陶醉，目空一切，凡人不狂，狂人不凡。狂人与我无半毛钱关系。

二躁：一个人几年要写几千年的事，要看多少书，要做多少研究，要理清岁月的纷争，谈何容易。只有躁者才会口无遮拦，下笔狂舞。易大师最好随苏武去牧羊，在沧桑的岁月中静下心来，或许能完成易大师梦中的伟业。

三哄：现代媒体改变了人类生存环境，电脑、电视、手机三个屏幕笼罩了人们的心灵。易大师善于和媒体合作起哄，大师发财，百姓遭殃。宗教界的延参法师，也善于利用媒体起哄，而德高望重的净慧长老却默默无闻，这是时代的过失。哄堂大笑中出明星、大师，反正我不信邪。

历史的发展与自然科技的进步紧密相连，易大师写五千年，要补点自然知识，补点世界各国历史、经济、人文常识，不宜仅在中国人文这滩浑水中"兴风作浪"。

一狂二躁三哄，易中天可称易冲天，几千年的中华史由他瞎折腾，反正我不上当。有些历史降生的宠儿终将会转化为历史的弃婴。

我人老心不老，废物利用，实度人生。我谈易经，总着眼于太极易经，绝不谈易经八卦，不要神乎玄乎，要为国学现代化尽力，不去坑蒙拐骗。一生胸无大志，走自己的路，每日实实在在做梦，一生圆一人生梦（One life, one dream）。

汉字简化的功过

台湾一朋友谈论大陆汉字改革时，语惊四座："汉字简化后，親（亲）不见，愛（爱）无心，產（产）不生，厰（厂）空空，麵（面）无麦，運（运）无车，導（道）无道，兒（儿）无首，飛（飞）单翼，有雲（云）无雨，開（开）關（关）无门，鄉（乡）里无郎。可巧而又巧的是：魔仍是魔，鬼还是鬼，偷还是偷，骗还是骗，贪还是贪，毒还是毒，黑还是黑，赌还是赌，贼仍是贼。"

汉字自古至今与时俱进，在不断简化，这是好古者挡不住的时代潮流。

简化要适度。不少汉字含有严重封建意识。以"奸"字为例，日本鬼子来中国，绝大多数是男的当汉奸，奸字左边女旁应改男旁。汉字中封建意识比比皆是，难改。

现代中国妇女多剖宫产，因产（产）中省去了生。古代生死相依，今日一夜情多。一谈二恋三爱，简称谈恋爱。现在爱而无心，乱爱。可举出许多笑话，时代进化，非简化之过。

癌字，病已堆成山。疲倦，人累躺下缩腿，多形象！汉字象形象意，事物皆有两面，解文说字是一门学问，很好玩。

引文中的结论我不认可，引文一戏言而已。大陆汉字简化进程快，港澳台不用简化字，已有隔阂。汉字简化大势所趋。我在欧洲看《人民日报》，是繁体字，大陆年轻人看不惯。

隔阂涉及问题多，并非汉字简化之过。

长者为尊

中国古话，女大十八变。英国伦敦天气时晴、时雨、时阴、时雾，似女孩的娇脸，和十八变的含义相似。其他国家、民族皆有类似谚语。我观察社会，不仅女大十八变，男大更有三十六变，长者竟有七十二变。青少年学儒，打好做人的基础；中年学道，求道积德，承德载物；老年学释，一切皆空，万变不离其空。

社会上称呼老人，常叫"老头"，是为不恭；再加一个"儿"字，变为"老头儿"，实在不敬。公交车上，有"老弱病残"专座，老不一定弱，老未必一定病，老更不见得残，而这种归类，是对长者的语言歧视。我在香港渡维多利亚海峡，看到专门通道上写着"长者优先"，这才是对老人的尊重。

明德篇

大学之道，
在明明德，
在亲民，
在止于至善。

——《礼记·大学》

过年送礼

欢庆的日子相互送点礼品，自古至今，人之常情，无可厚非。

近几年这种现象演变得越来越不像话，让人不吐不快。

过年时，校园过去书声琅琅，学子勤奋，令人鼓舞。今见学生，大包小包，携着礼品，赶往老师或领导家，为不及格求情。真令人痛心疾首。

再有为入党提干的少数活动分子，不努力工作学习，而走上层路线，大家心中有数。

礼品档次也日益提升，包装豪华，但包不住散发出的卑劣味。

在读生的礼品我总是退回，收礼的条件是：

毕业否？

结婚否？

买房否？

有了这些条件，而对我无求，我是老朽先生，无权无势，能送来礼品，那是真师生感情，可收之。昨天收到一位老总从希腊给我带来的一顶小帽，戴在头上特得意。

师生送礼，一瓶酒、一束花、一张富有情意的卡片，任一项足矣！礼品价值越高，送的人档次越不高，让人心中无奈。

注：送高档营养品是最愚蠢的。包装豪华，奇贵无比，转来送去，产品过期。送者挨骂，收者无奈。

志军悲歌

刘志军，原铁道部部长，风云人物，对推动中国铁路高速化、现代化，有不可磨灭之功。

刘快速崛起，站在台上作报告，眉飞色舞；又极速倒下，站在法庭上，默然泪下。

他非官二代，也不是富二代。努力奋斗几十年，权势咆哮，当部长八年，他做梦都没想到会进牢房。铁道部，独立王国，在他的把持下，若一池深水，很浑、很黑、很臭，最终把自己拖入水牢，悲唏！为官者到新单位，一定要搞清：

> 水多深
>
> 水多浑
>
> 水多黑
>
> 水多臭

否则有朝一日进水牢都稀里糊涂，悲也！

我观察刘志军大权在握，玩过头：

> 玩物丧志
>
> 玩人伤人
>
> 玩女人丧命

三"玩"玩过头，终有一日玩到头，判死刑，悲哉！

时下有权者切忌：

<blockquote>
过度的酒

意外的财

不实的名

婚外的情
</blockquote>

酒财名情，会让志军们相继倒下，可惜！

一叫领导，是迷魂汤；二唤是麻醉剂；三呼是春药；四唱是毒药，毒死为止。"同志"在当今指 gay。若能直呼相互的名字，则能呼出正能量，清气上扬。

刘志军吃一堑，在位者应长百智。刘志军长眠，在位者应瞪大眼睛，付出努力，与百姓共圆中国梦。

正 能 量

"奔八"的人，心态可以是"八零"后。长者老马识途，正能量洋洋洒洒，尽可以混迹于年轻人中间，与他们扎堆取乐，共享美好春光。

窗口····

NUAA 三个对外窗口颇为活跃。

南京航空航天大学继教院承担市委组织部的干部进高校学习班，办了几年，我每期都参加宣讲。不仅交了许多朋友，还增加了我对社会的认识，对人情的理解。

《南航报》"文化生活版"常从我的《科技散文丛书》中选登些文章，拓宽了我与年轻人交友的渠道，学生爱听我侃，我也仿佛年轻了。

南航招生办邀请我与青少年交流，我讲的"信息时代与青少年"、"航空宇航与青少年"、"国学与青少年"，颇受欢迎。看到一张张稚嫩可爱的笑脸，我都忘记自己是"老糊涂"了。

能为一辈子工作的单位，通过宣传窗口展示正能量，何乐而不为？

活动 ....

本月去徐州、丹阳、北京出差。

国家信息中心诚邀我作报告。去年五、六、七月各一次，全国各地来的 IT 高手对报告内容赞赏有加，故今年又约定五月面向东北与中部地区、六月面向西部地区、七月面向东部地区分别举行报告会，全国东西南北又可结交许多学术界朋友。

每届北京大学 CIO 班，我都会应邀讲授一个核心课程，每次都有新内容，常讲常新，实际上是边讲边学，边学边讲，在学术前沿游弋，能不断地充实正能量，也能给听众传递正能量。北大的讲台是不好站的，我承诺做的事，总会尽力做好。

散文 ....

最近 NUAA 报连续登了我的三篇散文。

《命运》

《心之苦乐》

《上善若水》

年轻编辑颇有眼力，选的文章富有正能量。

红五月，正能量，我是抓住"正能量"开涮，难得起哄。反正我是神定气闲，以文会友，无所顾忌。奔八者乐观，八零后更应阳光……

"永远在乐观中前进，相信明天会更好。"此话出自我的散文书《技术与人生》，被选入《共产党人格言宝典》一书，我常以此话鼓励自己，开心每一天，付出每一天。

心灵之雾

雾 重 庆

重庆打黑掀高潮，两年前的夏天，我应邀正在重庆作报告，住在重庆宾馆。四川小说《死水微澜》里尽写川中美好风光，黑势力袍哥横行。几十年后的今天，黑势力仍横行，令人费解。打黑，打黑，突然又变成"黑打"，打黑英雄变为黑打英雄。雾重庆，由于政客暗箱操作，半个世纪过去，还是雾重庆，令人痛心。官场波云诡谲，暗潮汹涌！雾重庆何时阴霾散去？

雾里看花

国内外媒体滚动报道，微博消息铺天盖地，官方新闻频频修改，坊间小道奇闻百出，全在雾里看花。大小报记者云集重庆，捕风捉影，分析猜测，各显神通，其实也在雾里看花。

雾水一头

百姓关心、好奇，上网搜索，短信满天飞，情况瞬息万变，一头雾水，无可奈何。

政 治

政治在中国本是个神圣名词，近些年来，政治却被政客糟蹋，

66

等同闹剧，权贵、精英、学者都在各捞其利。百姓怎么办？慢慢自醒吧！

心灵之雾

多事之冬，一头雾水。为了驱除心灵的阴霾，我驱车到美国大西洋岸边小镇去，与世隔绝三天，抛开网络、世上闹剧，给自己一个宁静的心灵空间。待雾散去，再回人间！

饮食男女

　　人在尘世中，都是饮食男女。男人往往喜欢"吃豆腐"，男女间因第三者介入常导致受伤害的一方大为"吃醋"。可许多人光会"吃豆腐"与"吃醋"，而不知其来历，典型的"知其然，却不知其所以然"。追源溯本，这"两吃"各有一段饶有风趣的典故。

　　先说"吃豆腐"。史载，"豆腐之法，始于淮南刘安"。博主刘继兴考证，当年刘邦之孙淮南王刘安为求长生不老之药，在安徽寿县八公山以黄豆、盐卤等物炼丹，无意中竟炼出了"白如纯玉，细若凝脂"的豆腐。西汉初年豆腐问世后，很快成为老百姓非常喜欢的小吃。流行的吃法是碗里搁一大块豆腐，撒上佐料，拿小刀边划成小块边吃。当时坊间出现了无数这样的豆腐快餐店。

　　当时长安街上有个夫妻合开的豆腐小店，老板娘本来就漂亮，又常食有美容功能的豆腐，自然更是细皮嫩肉，人称"豆腐西施"。为招徕顾客，"豆腐西施"难免有卖弄风情之举，引得周围男人老以"吃豆腐"为名到豆腐店与老板娘调情，且动手动脚，比如趁付铜板时摸摸老板娘的纤手等。于是，醋海翻波的男食客的老婆们不满意了，经常以"你今天又去吃豆腐了？"来训斥丈夫。后来，"吃豆腐"便成了男人轻薄女人的代名词。

　　再说"吃醋"。男女相恋，有第三者介入时，往往发生争风吃醋现象。为什么将之称为"吃醋"呢？原来，唐太宗李世民当年赐给房玄龄几名美女做妾。房玄龄是历史上著名的"妻管严"，怎么也不敢接受美女，多次婉拒此赏。李世民料到房玄龄夫人是个悍妇，房才不敢受赏。于是派太监持一壶"毒酒"传旨于房夫人，如不接受这几名美妾，即饮毒酒。

谁知房夫人面无惧色，接过"毒酒"含泪一饮而尽，结果并未丧命。原来壶中装的是醋，皇帝以此来考验她，开了一个玩笑。李世民正言告诉房玄龄，你老婆果然刚烈，朕也敬重她三分，你以后就好好听她的吧。"吃醋"的故事就此流传开来。醋的滋味酸酸的，嫉妒之滋味也是酸酸的，于是"吃醋"也就成了男女间因第三者介入而产生的嫉妒之情的代名词。

中国的腐败，根源于历代"做官发财"思想。根治腐败，任重道远，绝非一日之功。在美国接触各界人士，无三公消费一说，没有这种概念，当官受到极其严格的监督。中国时下当官吃豆腐，昏了头，变成了豆腐脑，脑残。治好脑残，才能根治腐败。

夜侃"管理"

今何月顺博士、周日贵博士专程从南昌乘机来宁看望我。他们都评上了教授,当了院长或副院长。我调侃两位高徒,搞管理千万别进一环,在二环若即若离,在三环切实做点管理,莫荒废自留地。官场非久留之地,请君自留一片蓝天白云。

古代管理

中国文字是很有考究的,过去中国字是竖着写,管在上,理在下,管以理做基础,要管之有理,不是当官就有理。官越大理越足,官大一级压死人,那是压服的。中国古代官场也是讲一套做一套,骗骗百姓而已。

现代管理

现代管理讲究服务,服务型政府,为人民服务。这是世界潮流,是政府改革方向。层层审批,领导签名,腐败高发。科技进步,互联网普及,网上办公,极大地推动了服务现代化。公务员要练服务技术、技能,上吹下压,终有被社会抛弃的一天。

当下管理

有一次在北京我被宴请,餐桌上人高谈阔论,毫无顾忌。美女侧陪,美食诱人,我是食客,饱腹为上。一位名校的管理学知名教授大吹：管理的定义是什么？管理等于收钱。参席者呼之高见、精彩。我少听多怪，着实大吃一惊。社会腐败，教育堕落，管理部门是重灾区，原因在此。

当下问题再多，要从教育入手，望高徒独善其身。同流不合污。要知水多深、多浑、多黑、多臭，否则被人拖进水牢，连送饭的人都没有，那才是悲剧人生，悲惨世界。

标题党与准标题党

网上以怪癖的标题吸引网痴，这些推手统称为标题党。

标题怪癖：

> ❋ 断章取义
> ❋ 暴力
> ❋ 色情
> ❋ 怪癖

时下网上标题党泛滥，勾引人的好奇心，实则浪费时光，特别是误导青少年信以为真，导致严重的心理疾病。

报纸、杂志跟风，出现了大批准标题党。文章空洞，专在标题上做文章。老练者知其无味，青少年见少识浅，深受其害。

建议网络、报刊、出版商的掌门人，至少把门前雪扫好，把控良心，减少对读者的祸害。

五毛党

"网络阅评员"的俗称，由网络"高手"、"好手"、"写手"组成，佯装普通网民，却照转别人的意见，用来影响和引导舆论。网人对五毛党①有蔑视的意味。

网上千奇百怪"体"、"哥"，今天疯传，明天消失。让人目不暇接，见多识浅。

我只欣赏网侠，揭腐败，为百姓鸣屈，这是信息时代的曙光。

---

① "五毛党"是按照雇主的要求在各论坛发帖顶帖，每条帖子按两毛到五毛、一元不等收费的网络评论员。

随 想 录

1

天，才知道！
天才，知道！

2

中国文学多写人际关系，写好人与坏人。
美国文学多写人与自然关系。

3

去美国做中国梦，
什么梦？天才知道。

4

人生七十古来稀，
人生八十稀又稀。

5

人生如梦，轨迹应当顺时而变。
动静淡定，三十应该动，四十应当静，五十学放淡，六十会搞

定。不能错位，更不能颠倒。

6

美国月亮圆，
中国月亮亲。

7

口品百味，享受人间福。
胃痛、胃酸、胃胀，一天到晚工作，吃尽人间苦。

8

钱在国内，怕不安全。移民国外，要交税，左右为难。
左怕右怕，最怕富而不贵，富而不仁。

几则杂感

东方不败，西方不倒

东方演人的关系，入木三分。

西方演人与自然关系，亲切自然。

中国男人若女人，无阳刚之气；中国女人像男人，无妩媚之态；中国小孩似大人，谈情说爱。

西方人多运动，小孩多玩家，与大自然比较接近。

中国电影谈情说爱太多，床上戏太多，远远多于西方。似乎倒过来了。

中国文化现代化，有很长的路要走。

龙在天

飞龙在天，在美悠闲，心仪东方，他乡迎 2012 年。

2012 年世界动态变化，人心躁狂，我行我思，淡定心态，积极人生。

国家是由家组合而成，其中包含大文章。无国的概念，错；无家的概念，也错。

今年转而用电脑记事与写作，iPad 轻巧也。

网事快速流转，"如果体"疯行，网上推手引躁、造躁、传躁、将躁放大。我坚持人躁我不躁，东南西北风，我自岿然不动。

人生如浮云

浮云中，还计较什么得失是非。

我不是"神马"（什么）浮云，"哇"一声落地，静谧地离去。

淡定心态，积极人生。

智慧随行天下，心仪九极！

岁如烟尘

身体不好，工作学习都是虚谈。所以2014年我打算把重点放在"养生"上，对工作没什么要求。

礼仪言谈也是一种大智慧。

朝闻道，夕死可矣。

> 一个人需要想，"人的一生"
> 一生不玩人，凭良心
> 一生不被人玩，靠智慧

良心在脑中，智慧在♥中，这是一生成功与快乐的秘笈。

人生轨迹，人生愁苦，人生出彩，人生如梦，人生在世，良心与智慧。

人的一生

我一生经历风雨无数，在人群中生活，在沙漠中行走，在云端中思考。凭良心待人，靠智慧得以生存。

运动来了，不看东南西北风，凭自己良心判断，不跟风，不做火上加油的事，不去害人。平时工作来了，不挑不拣，人家不做的我做，靠智慧团结人，将事情做出色。

天国旅游

天国旅游
　　携情远行
　　　　留情人间
　　　　　　朋友再见

日程安排
　　责任自担
　　　　USA 修道
　　　　　　淡定心态
　　　　　　　　积极人生
　　　　　　　　　　以术求道
　　　　　　　　　　　　以道创新
　　　　　　　　　　　　　　远离政治
　　　　　　　　　　　　　　　　力避商业
　　　　　　　　　　　　　　　　　　智慧灵修
　　　　　　　　　　　　　　　　　　　　浪漫自然

实度年华

自行车退休

骑了五十五年的自行车，深有感情。快捷、轻松、安全、绿色，是极好的伙伴。

本拟骑到九十岁，因为在美国吐血，家人不同意我再骑自行车。

《养生之道》介绍步行对人极为有利，我不得不停用可爱的自行车。

路由通天下

家里装一台小无线路由器，一切家用电器上网方便，不要穿墙打洞。

别居也装了一台无线路由器，电视不通过机顶盒，无线上网通天下。

办公室为了方便，自己加装了一台小路由器，身在办公室，却可以在虚拟世界游逛。

路由让我随时通天下，不花钱随心所欲联系亲朋好友。

教授变婴儿

婴儿培养成教授，要多少年？

教授变婴儿，仅需顷刻之间。

实度年华

虚度年华，是对某种人一生的概括。虚度，也是某些人的谦词。听人说话，要会判断对方的真意。

我力行"实度年华"，每年做回头看得见的事，心里踏实，心里不虚说话有底气，过分谦虚，人不爽。

悟觉篇

无量心，生福报，无极限，

无极限，生息息，爱相连，

为何君视而不见，规矩定方圆，

悟性、悟觉、悟空，心甘情愿。

放下颠倒梦想，放下云烟，

放下空欲色，放下悬念，

多一物，却添了，太多危险，

少一物，贪嗔痴，会少一点。

——刘德华 《悟》

心之苦乐

心事，人皆有之。放下，一身轻；放不下，千斤重。

佛曰：一切皆身外之物。这话要有物质基础，无房住，无饭吃，无衣穿，谈什么身外之物。我曰：一切皆心外之事。能说这话要有良好的心理素质，老天爷的事你别管，天天操心世界末日的到来，何苦？忧心忡忡于社会大走向，你能扭转乾坤吗？人家的事，你断得了是非吗？社会纷纷争争，人心浮浮躁躁，能把自己的事管好，就了得。好了，国家大计还是让"精英"们去操心吧。咱是草民，最在乎的还是经营好自己的"一亩三分地"。自己门前雪扫好，少论人家瓦上霜。

物贵天然，人贵自然。天然宝石十分珍贵，人造宝石再漂亮，也是赝品。小人物说真话，粗而可听；有人自认为是大人物，说假话装腔作势，真难过；还有人"装作""未装腔作势"，更难过。为了生存，戴假面具，偶尔为之，无可奈何；为名为利，天天戴面具，违心，心苦也！

看透别看破。世事皆有两面，自古至今，人事二字，人是复杂的，事更复杂，人事二字串在一起，是复杂的平方。要用心看透，别雾里看花，让人拽着走，让事拖着跑。"别看破"更重要，往事如烟，推手如云，黑手在后，明星八卦，主持人变幻，都要看透，但千万别看破世上闹剧。天天东西南北风，我心岿然屹立，走自己的路，做自己的事。世事纷繁，若看破人生，一事无果，终生遗憾。一生要对社会、对他人做贡献，千万别"未看透，却看破"，一生做啃老族，多可惜。古人养儿防老，今人养老防儿，真搞笑，别伤父母心。

生活生活，一生干活也！人生就是折腾（即所谓"创新"），折腾到无力折腾的那一天，人生算功德圆满，心无旁骛，心满意足也！挣太多的钱，三妻四妾七子八女为分家产打官司，体未凉，情已断，心何堪！人在官场，势利场也，势利、势利，势为利也。在位时交二三位知心朋友，下台时知心好友谈谈心，议人间冷暖，比酒肉朋友、红颜"知己"好万倍。

网上听众归纳我报告的精华在于"淡定心态，积极人生"，评价很中肯。心态烦躁、人生消极，行吗？人生一回，人死一次。心要淡、要定、要管、要控，才能一心做研究，"心"用在学生身上，乐在其中。把心与钱绑在一起，与名捆在一起，在商场、官场、学术场、情场见人点头哈腰，心苦心累也！人生歧途，在乎自己选择。

我是流外之儒，读经忘拜佛，学道忘炼丹，儒、道、佛兼修；一生教书做研究，以术求道，以道创新。茶书相依，酒诗相伴，窗前明月，书中自有半个月亮爬上来，心灵与孔子、老子、释子、毛子、耶稣对话，悟在其中。诸子讲法，皆治心病，我悟出的五字心经为：

> 人生多付出，付出则心安；
> 心安则气顺，气顺则有序；
> 有序则健康，健康则长寿。

五字心经为心之大道矣，背之则苦，顺之则乐！

老年六窍

玩 ....

人生百年，过去七十五，可以享受人生。厌看 TV，越看越厌。在 PC 上玩游戏，越玩越呆。欣赏智能手机 iPhone，过一种网上新生活，用手机购物、付款，用手机交各种费用，用手机订购火车、飞机票，用微信交友，为"国庆"旅游做方案准备……

电视、电脑、手机，淘汰电视，少上电脑，多玩手机，尤其是智能手机，这是时代潮流，是技术发展的趋势，势不可挡也。

读 ....

少年学儒，学入世做人；中年学道，辩证处世；老年学佛，一切看淡，淡泊名利，一心养生。搞清佛教与佛学的区别，详读《金刚经》，背诵《心经》，默写《五字经》。不看明星八卦，不望贪官丑陋，不在网上忽悠别人。读原版书，读古装书。《易经》是中华文化源头，《道德经》讲哲学，《孙子兵法》讲战略战术，《三国演义》讲战例。四部书难度依次降低，可以反复阅读。网上传的经典段子，都是人家写作的，天天看，被忽悠来忽悠去，下载在文件夹中，记不住，用不上。

思 ·····

老年时见多识广，少年时见少识浅。老年人要传承家教与家风，将社会上不良之风拒于门庭之外。不要左思右想，要引导年轻人纵思横想。

年轻人进新单位，要入梦、敏思、勤干、慎言。要观察水多深、多浑、多黑、多臭，否则被人拖入水牢都糊里糊涂。不要清高，同流不合污。会思才能经得起社会的考验，不会思想的人，人生路走不远。

写 ·····

好记性不如烂笔头，遇到事情要记下，加以梳理。过日子，人生感悟，是书上看不到的。只有自己的切实体验，才是真经。别人介绍的经验，都有吹的成分。人家发财，你跟着做，估计是上当的。人生路只是走一遍，边走边总结，人才会越来越有智慧。

讲 ·····

把自己的心得、学术思想系统化，经过多少年努力，传承给年青一代，形成一家之言，著书立说，留给后来人，其乐无穷。

长 ·····

人活到七老八十，小字辈为了尊重，都表示要祝福寿星长命百岁。米寿八十八，茶寿一百零八。

　　我认为祝寿等于折寿。祝寿折腾人也，筹备的人很辛苦，被祝福的人也累得慌，全在折腾，哪见多少人活过百年。万岁也都早见上帝去了。还不如平平淡淡，天天开心更好。

　　上面讲述的六窍，全是有感而发。我就是这样子做的。人不要和人比位置高下、钱财多寡，比人气，人走茶不凉，江湖上常常有人聊及，就够意思。不比长寿，比长相思。我写好了十六个字"天国远游，携情远行，留情人间，朋友再见"！

淡泊怡远

淡泊怡远，人生几何，良心待人，智慧处事。

飞机乌龙

马来西亚航空，飞机先进，管理混乱，竟让非洲人持亚洲护照，充欧洲人，荒唐至极。最痛心的是失联飞机上载有154位中国人，活生生的生命体，瞬息从人间乌龙了，别谈家属，一般中国人也接受不了。飞机哪去了？魂归何方？

明星八卦

明星八卦年年、月月、日日、时时有，如人的八字一样存在。现代互联网发达，明星蹿红，明星八卦更走运，出名则露，衣裳露透，魅力四射，粉丝们呼叫"路透社"好。明星不练功，一脱就蹿红。中国明星百分之九十，应去劳动；名人百分之九十，也该去基层，不能左手挽官，右手玩商，光忽悠百姓，特别是青少年。

昆明暴力

暴徒光天化日之下，在大庭广众之中，手挥大刀，见人就砍，不分男女长幼，惨无人道，古今中外罕见。中国是文明古国，中国人是讲文明的。这群"人渣"从何处来的？又将如何重演酷剧？人们不会不思考。

好友远去

　　英国著名学者、曼彻斯特大学常务副校长戴维斯教授，他早年给过我许多切实的支持，后来一直过往甚密。去年圣诞节还收到老师兼朋友的热情问候信，今从他女儿处得知，老友已仙逝，好人为啥不更长寿？我知道人总要去天国远游，但愿留情人间。

　　最近烦心事不少，开心事不多，好在不要我操心。我还是坚守自己规划的人生路：淡泊怡远，人生几何，良心待人，智慧处事。天天做点自己开心做的事！本拟写《风生水起话人间》，因内容太多，故仅写此短文备忘。

以文养心

9·11 事变后，美国空中戒严，这是前所未有的举措。一次、二次世界大战之初美国都是隔洋观战，而这次恐怖分子的绝招，竟然是撞毁美国标志性建筑。

当年 9 月我正在美国访问，事变前还在世贸大楼观光。事变前一天准备离开纽约回国，因美全国飞机场均关闭，滞留在底特律，遂提笔记下当时新闻及我的思考。

归来将当时的所见所闻所思，以文字形式发给同学与朋友，从此养成以文会友的习惯。

利用业余时间，十多年写了 120 多万字的散文，我称之为科技散文，依次结集出版了六本书。

以文会友，渐渐养成心到才下笔，不经意间悟到"以文养心"。谋事在脑，成事在心。

狗当人养

过去生下小孩，叫小狗子，命贱，好养，人当狗养。

时下宠物狗，女主人视之为己出。昨日散步，路遇一女，她叫喊"张小强"，小狗跑向她身边，偎依在旁。小狗穿背心，戴铃铛。狗当人养。

改革开放之初，在伦敦海德公园，贵妇叫小狗为 boy or girl，我感到好奇。在加拿大尼亚加拉大瀑布观光大道上，看到一对小狗戴着眼镜，我觉得好玩。

苏北有家做狗舍的专业工厂，做狗舍小而精致，有空调，有淋浴间。厂领导说送一套给我，谢谢好意，我的任务要把人养活。

西方稀奇古怪的事，当下中国将之演变得有过之而无不及。学怪易，学好难。

有位朋友向我咨询，搞什么挣钱？我说，现在有夫妻套装，你尽快开一家人狗套装店，估计能发财，哈哈！鬼知道？

开心元素

美食美味美女

今晚，品美食美味，看美女，让人心情愉悦，美食的价格更让人赞好，炒饭 12 元，包子一笼才 7 元。在北京茶道会所，一壶陈年普洱，收费 688 元。一个天上，一个人间。

小厨朝外，农妇送菜，楼上六张小桌，倒也干净与清静。环顾四周，突然发现，除了老伴之外，其他七位全是美艳少女，衣着入时，魅力四射。今晚是美食美味美女，增添生活情趣。

祖传贴膜

饭后逛街心夜市，热闹不亚于香港九龙的女人街。看到手机贴膜小贩，悬挂条幅"祖传贴膜"，力推他的产品，不觉莞尔，小贩祖宗未见过手机，竟能传授贴膜技艺。另有一家"专业贴膜"，贴膜小生意也有专业，真不虚此逛。

苹果手机套，品牌店标价为 200 元到 500 元不等。小摊上价为20 元到 100 元。选择如此之多，表明市场经济好。美国乔布斯挣大钱，中国小贩挣小钱。

电脑电视

电脑上网，乱七八糟事波涛汹涌，尽是八卦，好像全球的道德都在沦丧。

电视打开，阳光高照，歌舞升平，生活如此美好，似张婚纱照。

电脑电视，有功有过，看各人自己选什么，后果自担。

开心元素

付出，每天想到给别人做点什么，付出不计回报，帮助别人，自己开心。

理解，社会发展快，不以个人之见为定见，理解万岁，开心。

谅解，别人亏损你，不气，不报复，谅解别人，自己开心。

装傻，装熊装傻，看世人争争夺夺，其乐无穷，开心。

放空，坐公交，年轻人给你让座，连连道谢，年轻人有教养；年轻人不让座，是人家看你还不太老。一切不记在心中。

开心五元素，让我天天开心。

狗性与人性

狗"汪汪"叫，对主人亲切，对客人友好，对狗伴亲昵，十分可人。在英国伦敦海德公园，来自各国的狗们，在一起嬉戏玩耍，玩得甚欢。没有任何语言障碍，狗的世界多自由自在。人呢？中国人从小学英语，学了不知多少年，到英国仍不敢与英国佬谈笑。华人以能讲一口流利英语，自感高人一等。狗仗人势，那是受人影响。狗性平等，人性势利。

狗们打架，转眼又在一起嬉闹，玩得特欢，狗不长记性，不记仇。人呢？恶语伤人恨不消，为一句恶言会记恨一辈子。人比狗活得累。

人们相遇、相识、相知、相爱，山盟海誓，登记结婚。好景不长，风云突变，闪离。狗们无结婚之累，更无离婚之痛。人们不如狗们大气。

我逛市场，见夫妻套装，博人眼球。我在加拿大尼亚加拉大瀑布，见一对狗夫妻，戴黑边大眼镜，着夫妻套装。我闪拍此景，保存至今。人有套装，狗有套装，建议投资者开设一家人狗套装店，估计会挣大钱。现代人消费失去理性，故侃之。

狗们活得开心，人们活得太累。人们要开悟，不要执迷不悟，要换角度思考人生，不要把日子过得连狗都不如。有人自以为是，忙到牢里去了，连狗屎都不如。

狗仗人势，见得不少。我一生遇强不弱，遇弱不强。一生不玩人，凭良心；不被人玩，靠智慧。

　　人有三重境界。魔性：为物欲所迫所控，茫（然）、盲（目）、忙（乱），活得人不如狗。理性：人生付出，为而少争，读点书，听点古乐，心灵安静与干净，活得自在。佛性：无为、心空，非凡人也。

　　今日41℃，高温烤人，早上乘高铁去北京，明天上午在北大有一演讲，按约前去。不能因超高温退缩。候车，突然冒出一堆话，乱侃，欢迎拍砖。

智慧人议智慧心

我是乐观的现实主义者，年虽奔八，老而不弱，极少病，更不残。口味好，睡眠香。手有劲，脚有力。动以健身，静以养心。昨日又应邀去徐州郑集中学给中学生讲"信息时代与青少年"，我的演讲目的是不仅让学生学到知识，还要长智慧，精神上减压。让孩子们面对现实，摸索出自己的成长模式，拓宽发展空间，打造生活平台。我用智慧点亮年轻人的心，年轻人又激励我保持心态永远年轻。

我在翠屏山家中阳台上，仰望星空，心灵与孔、老、毛对话。活了这么多年，才悟到，生活呀生活，就是一生干活，就那么简单！创新就是一生折腾，靠智慧游弋于技术海洋，搞技术而不被技术搞。读书要钻进去，获取知识为己所用；读书要出得来，玩遍中国，游遍世界，才不亏来世上千年走一回。

有钱有势，被人看重；有知识，才受人尊重；有智慧，众人仰慕。靠知识，只能混个温饱；有智慧，年轻人越活越生龙活虎，虎气撩人，人生路越走越宽敞。我至今仍终日与大学生、研究生、博士生为伴，混入年轻人当中，我老而不痴，缘于此也。我与年青一代在一起吃喝玩乐，多有所悟，心到笔下，写了些有关智慧的散文，以技术为背景，悟智慧如何点亮人生路，让心灵飞扬。

时下谈智慧的书比孙悟空的毫毛还多，充斥于机场、火车站、街头书摊。包装华丽，书名迎合青年人口味，我好奇翻翻，实话实说，论古实为权谋，谈今沦为小聪明，哪有中华文化中的大智慧？我忘了自己老而糊涂，实是老糊涂，应邀在各名牌大学讲"慧通天下"，弘扬大智慧，力倡国学现代化，讲智慧人，议智慧心，甚至道及如何用智慧将爱情保鲜，听众反应热烈，网上反应认可。

智慧在生活中无处不在，不要神秘化；智慧又很高雅，让青年人的生活路越走越宽广。

让智慧保佑我的年轻朋友！

沁心篇

闲居何处得闲名，
坐掩衡茅损性灵。
破梦晓钟闻竹寺，
沁心秋雨浸莎庭。

——谭用之《闲居寄陈山人》

过 年 啦！

过年讲究一个"新"字。小孩喜欢过年，好玩；老人喜欢过年，热闹。我今年过年，有什么"新"？

新书《技术与国学》正式出版，以文会友，将新书作为礼品送给学生、好友、亲人，有个人特色的礼品，签上老糊涂的名字，大家无不欢喜。我写我心，心灵交融，天上地下，云里雾里，形散神不散。十年，业余出版以技术为背景的科技散文书一套六本，约一百二十万字，做一件事，开一条路，自然开心。

办公室换了新电脑，DELL 全新配置，硬盘 500G，速度极快，用得过瘾。年轻的三位研究所负责人将最好的机器配给我用，怎不叫人感动。每天接触年轻人，接地气，三代人似如一家。这个研究所有三个特点：团队精神好，人文精神足，实干精神强。他们尊老，我爱幼，其乐融融。

家中主卧室添置了一台太空按摩椅，可模仿零重力，让全身放松。该椅智能选项多，操作方便，复位准确。可以选规范流程，静静享受轻音乐。

日本索尼电视下岗了，换上新款 TCL 液晶 3D 无线网络电视。大屏幕又轻又薄，无线路由上网，无线信号放大器增强网络信号，无线网卡选台多多。戴上立体眼镜，看三维电影，立体景深，如登高山、潜深海、入太空。国产电视绝对 OK。

素雅的绢帛挂历，幅幅山水国画，耐人品味。用绢帛做年历，制作精细，心中啧啧称妙。

客厅换了一幅大尺寸傣族风情画，傣族仕女风情万种。最动人的事情是，这是一幅牛皮画，一张大牛皮，经多道工序处理，再在牛皮上绘画。此画是一对情侣在云南丽江度蜜月时，专门为我挑选的。

新款中西合璧式挂钟。

新款微波炉，新款电饭煲，新款电话机。

天增岁月人增寿，健健康康又一年，过年啦！新花样！开心啦！

体验美国现代化医院

2013 年 10 月 23 日在美国吐血、昏迷、急救，由消防车送往北卡罗来纳中心医院。

小说明：美国将人的生命看得很重要。救护车上配有全套救生设备，接到报警，立即前往救命，送病人上医院。中国的救护车专管救火，不管送病危者。

本人昏迷后 1 个月内发生的事均为家人告之。

到医院，直接送到 ICU 病房。一人一间，救命设备齐全，洋洋大观。在中国只有高干病房才有此条件。

令人奇怪的是，医院不办入住手续，不交钱，先抢救人命。昏迷三十天，我每天用专用设备、高档药品，享受一流护理。没有看到一张账单催钱，直到办出院手续，主治医生签名，也没有见到账单。心中忐忑，因为听说美国医院看病很贵。后来经仔细了解得知，美国医院无收钱部门，病人从进到出，不要交一分钱，像老爷一样享受各项良好服务。

在走廊尽头看到免费咖啡，随意品尝。美国医院设备现代化，工作人员多，病人在病房，可享受到各种服务——一切上门，像老爷似的。

世界上没有免费的午餐，最后交税算总账。不交钱，不讲信用，以后就什么事都难办。

美国医院现代化，微笑服务，我心中不安，有几个问题感到不解：

感谢急救，输入美国人 1 500 cc 鲜血，救了老命。我呼吸仍然不畅，虽接上生命救助系统，呼吸仍然十分困难，医院问病人有遗嘱否？将家属吓得要命。据说这是基督教习惯。美国医生正讨论是否要切开喉管，以利于病人呼吸和进食。

我校校医院前任副院长杨平女士在场，她不信美国医生那一套，不同意切喉，建议做胃造瘘。正在此时，我觉得管子插得实在难受，可能是护士技术欠佳，竟在无意识间自己将呼吸机拔掉。奇迹出现了，我的呼吸竟然好些了。后来大家说：丁教授救了自己一命。

在康复中心，我曾两度滑入床下，中心负责人不问情由，将我迁入一过道中心，气温过低导致我感冒，重新入住医院 ICU，使病情变复杂，这是不应该的。

中国医院检查多，美国医院检查绝不少，甚至更加多。做胃造瘘、吞噬检查，十分烦人，不详谈。

美国医生和护士来自世界各国，对中国人的体质、生活习惯、语言一无所知，难以交流，彼此笑笑而已。我只是懂得计算机专业英语，对生活、特别是医药术语，知道极少，造成交流困难，极度影响治疗效果。

美国医院科学化管理，分工很细，彼此责任分明，繁琐的东西多，形式主义也多。中国医院宏观管人，西方医院微观管事，这又是文化差别。我们还是习惯于中国医院的一套管理程序。西方医生分工太细，若在中国可能找不到饭吃；中国医生管的病人多，粗、粗糙、粗放，在美国也难适应。两种文化交流，除中西医技术交流外，文化交流也是一个漫长过程。何况中国医生和护士的外语水平也是个问题。

出院报告，中国医院几张纸，医生签名，病人交钱。我出院，美国医院免费打印了近四百张的出院报告，交到家属手中，又令人为之一惊。

我这次胃出血，在中国只是一般病，几天工夫就能解决问题。在美国科学化管理，繁琐复杂，加之文化差异，一般病被变成了大病进行治疗。住院一个多月，几近大病，甚至殃及生命，这是教训。

一场疾病，住美国医院，深切体验中西文化之差别，中西文化、技术交流将会有一个漫长的过程。

在"云端"中康复

　　去年年末在美国，偶感不适，入住美国北卡来罗纳州医院。医院绿草如茵，环境优雅，医疗设备现代化，医护人员来自世界各国，一口流利英文，待病人礼貌。卫生条件极好，从入住病房，直到出院，一月有余，没有一处收费，没有见到一张催款单，令人惊讶。美国医院救人第一，最后到您家收费。

　　美国好山，好水，好无聊。我访问过美国多次，总有不接地气之感觉，我的人脉在中国，路过的人点点头，故乡人。在美国只见汽车呼啸而过，不知去往何方！随着年龄增加，感觉越强烈，归去吧，这是美国人的家！中国人要通过自己的努力，把自己家建好。人说美国月亮圆，我说中国月亮亲。

　　过新年前我坚持回国康复，实践证明，归来过年朋友多，心情好，康复反而快。究其原因，在国内医院与医护人员沟通好，美国医生讲医学术语、带地区口音，没有办法听懂。

　　康复躺在病床上，不能手舞足蹈。但是脑子可以在云端思考，古今中外、文理两科、儒、道、佛，中美文化对比，纵思横想，想起一生追求文理结合，何不再出版一本《科技散文》，将前面出版的《技术与人生》《技术与人文》《技术与和谐》《技术与智慧》《技术与国学》等散文书再宣传一遍，让更多的人喜欢。倡议得到助理们的一致赞同。我的头脑在云端高速运转，思想成型，晨曦下笔，心到笔下，书成此文，就算是在"云端"中康复吧！

　　"云"被信息技术领域炒得火热，与大数据、移动网络齐名。"康复"是指人因身体不适，通过适当方法，使得健康复元。前者是科技名词，后者是人文名词，今合在一起，我叫这类文章为"科技散文"。

　　我的弟子博士后、博士近五十名，硕士超过百名、学士超过三千名。他们分布在世界各地，极有才华、文笔优雅的不少，多忙于研究和教学工作，找了几位身边的高徒，协助完成此书。长江后浪推前浪，前浪消失在沙滩上，"丁秋林学生群"在网上活跃，祝福他们在信息时代永葆创新激情！坚持走文理相融之道！以术求道，以道创新！

侃心情好

进钱不涨，出钱呼呼往上蹿，心中有气无处出，闷声叹气，何谈心情好。

心情不好，亚健康，百病上门。我有一个不花钱的秘方，阁下不妨一试。

"心"....

由三点一勾组成，左侧一点代表《红楼梦》，谈情说爱；上面一点代表《水浒传》，讲义气；右边一点代表《三国演义》，斗智斗谋；一勾代表《西游记》，孙悟空斗天斗地。情、义、谋、斗，四大名著，组成一个♥字，形象地告诉你人生四大方略。人生路上，艰难困苦，时情、时义、时谋、时斗，四大方略，逢山开路，遇水搭桥，没有过不去的难关，在于自己用心整合。孙悟空用♥整合，敢问路在何方？路在自己♥中。

关键是心要正，用良心待人，用智慧保己，无往不胜。中国儒家讲的就是个正字，中华民族生生不息靠的就是这个正字。

"情"....

情要"和"，和为贵；和谐，和平，和睦相处；和气生财，家和万事兴。中国佛家推崇一个"和"字，佛经六百部，精彩在于和善。以和为尚，简称和尚。

"和"代表团队精神，意味着集体主义。对人动之以情，晓之以义。热爱生活，真情待人。人生无情，枉此一生。

"好"

中国道家主张淡定自然：《道德经》中的名言，人法地，地法天，天法道，道法自然。一切按照自然规律才"好"。中国知识界主张清高自在，清静自然，不去为小事争斗，日子才好过。

诚实好，为人诚，做事实，效果好，这是长效阿司匹林。为人不诚，做事不实，搞表面文章，效果好不了。

"心"

"爱情"

"诚实好"

这三个词从右侧看到：心情好。

儒家的"正"气，佛家的"和"气，道家的"清"气，这三股气是中华传统文化的精髓。做人要身正，气和，待人好。

这个方子不要一分钱。读书，领略书的魅力，有朝一日，会突然顿悟到"♥情好"的妙处，财富、权力、女色与之无法比较。

人生几何

自古人生七十稀，现代人生九十，也不稀奇。

惊讶回首，七十刚刚过，八十又来访，人生几何！人生苦短。

大女儿在北京，二女儿在美国，她们议定暑假来宁，看望我和老伴。我心中有谱，老夫虚度八十也。我反复给学生、朋友、亲戚、子女讲：做寿等于折寿。筹备活动的人累，被祝福的人也累。折腾人生，平安每一天多好！

今年八月十三，不过大生日。特别提醒如下几点：

老、小不收红包和礼品，不收也不送。

小集中，大分散。亲家周、赵、滕、丁等，均不邀请来宁，分别吃碗高汤面，足矣！

二位姑娘来宁，一切自理！不接、不送。

热情欢迎学生、朋友、亲人来宁观光、交流。负责安排食宿，全部免费。分开好办，集中吃不消。

本人以文会友，将赠送即将出版的《科技散文》给各位，以表示感谢之情，感恩之意。

未尽事宜，请与秋林弟子 QQ 群召集人：郑洪源博士（139 - 1384 - 2885）、徐晓明博士（135 - 1251 - 9396）联系。

谢天、谢地、谢人，谢祖宗保佑！

致礼！

梦 之 情

悲惨世界

《悲惨世界》是法国大作家雨果的长篇小说。故事融合了法国社会的深层矛盾，我看了中文版的译作。

我推荐给二女儿，她读的是英文版。

她又找到该书的音乐剧，该剧是旷世佳作，在百老汇上演，经久不衰。她推荐给九岁不到的儿子看。这小子很有音乐天赋，能模仿主人翁的大段英文唱腔，声情并茂，动人的高音唱功，令听者动容，赞不绝口，掌声连连。这小子在美国就读的小学演唱时，竟敢售票，有意思。

三代人，一代胜一代，后浪推前浪，前浪消失在沙滩上。人生精彩在于后代优秀。

两只苹果

今天起用 iPhone 5，与去年送的 iPad 配合。两只苹果均为儿女孝顺的见证，用得开心。

扎根中国，生活在云端，思维在云深处。仅短暂访美，不会迁徙美国。

幸福一家人，一家人幸福；三代人合影于广东酒家。刘建业教授、南航校医院杨平副院长宴请；亲情、友情交融。

两只苹果相伴，意味着：亲情、现代技术、使用者的与时俱进。

梦 之 舞

我的第二代在美国有了好的工作；

我的第三代就读于美国私立贵族小学；

二姑娘一家已快速获得绿卡；

新购 400 平方米豪宅，配 900 平方米草地。

豪车。Accer 四轮驱动越野车，旅游特好。另外还有一部福特车。

他俩毕业二十年，踏实工作，从基层逐步升为外企高管。漂泊迁徙二十年，今朝在美国定居下来，衣食无忧返乡看父母。这与官、商外逃，完全两回事。这全部是他们自己努力的结果，与我无半毛钱关系。

美国仍是吸引人才的土地。

梦 之 歌

昨晚与杨平家聚会，好酒配佳肴，竟受 Adele 赞赏，难得。

卡拉 OK，60 寸宽屏，三代人放开歌喉。软件评估：

巨星光彩

明星出场

专业水平

音乐修养好

评价多为鼓励，引起众人哄堂大笑。

我最欣赏的是：八岁半的 Simon 的歌声，五岁半的 Adele 的舞姿。

危言耸听

在美国住院，昏迷月余。常有胡话，让人紧张。

"今晚昏迷过不去了，把人都叫来，把衣服拿来。"此时危险期已经过去，但这胡话也把值班同志吓得面面相觑，不知道该不该叫全家人。

"基督教都是骗人的。"美国医生一般都是该教教徒，听得一头雾水。反正我女儿也不翻译。

"你们要照顾好妈妈。"昏迷中我常重复此话。胡话见真情，听者心酸。

"水，水，中国茶。"昏迷期间，不让进一滴水，咽喉似火，我拼命呼"水"，"Chinese Tea"，美国医生被搞笑了。

"天国旅游，随情远行，留情人间，朋友再见"的话，让值班人员吓得不知所措。

病人胡话，危言耸听，常见真情。

孝顺女儿

大姑娘丁莉，家在北京。丈夫是大学教授，儿子读中学，成绩优秀。一知道我在美国生病，就急忙办签证，从北京乘飞机到底特律，转机到夏洛特，赶到二妹家，见到老爸。

到了美国立即承担护理我的任务，早中晚三次用药，一丝不苟；有一点时间还要负责料理全家生活，忙中毫无怨言。

二姑娘丁澄，丈夫是外企副总裁，一儿一女在上国际学校。每天要用汽车接送儿女上下学，要上超市采购全家人的生活用品，还要负责所有人的一日三餐，家中人来人往，接待来访的全部任务压在她身上。她还要联系医院，承担翻译工作，在医院值班，忙得团团转，却毫无怨气。我住院昏迷的一个多月，她不仅承担着巨大的精神压力，而且一切采购她买单。凡是对我的康复有用的所有药品她都会事先买好。

两位姑娘配合得极其默契，我现在身体基本上康复，心里深感两个姑娘孝顺。

二女婿赵禹，在我昏迷时白天上班，晚上坚持到医院值班，在所有困难问题上一一作出明确决策，起到总指挥作用。

杨平女士、姜楠博士、杨淑群博士、黄卫东博士、李小姐、徐晓明、郑洪源均提供了巨大帮助，另有专文一一表述。

老伴是全过程的精神支撑，任劳任怨。最后我俩乘头等舱，在大姑娘保护下，顺利回到南京家康复，过年。

人生的存在，得感恩周边所有善良的亲人、同学和朋友。以诚相待，回报是本。诚信对人生是无价宝。现代社会缺的就是孝顺和诚信。

后 花 园

田力专程从青岛乘飞机来看望丁澄，当天往返。毕业20年，时光荏苒。

田力聪明伶俐，参观丁氏别居，在阳台观窗外的翠屏山，绿色葱茏。她"呀"了一声：丁伯伯家有一个很大的后花园。

天天可以登山，时时可以观山景，刻刻呼吸山风吹来的清新空气，别居配后花园，安享来日。

后花园有山，是天然的真山。古人富家花园仅有假山，哪怕北京故宫后花园也是假山。我的别居后花园有天然的真山，天晴细细远眺，山外还有绵延的群山，天赐我也，天厚我也。我从不怨天尤人，总是谢天谢地谢人。

养生新法

  在美国养生三个月，心灵偎依着大西洋的海风海浪，躺在度假酒店沙滩的摇椅上，思定出新的五年读书计划。

  博览闲书，进一步探索"科技与人文"的现代融合之路，将其内涵提升到一个新的高度。与年轻人为伍，共登科技与人文汇合的高原，别一辈子搞技术，落得被技术搞得人生枯燥。欣赏高原风光，享受别样人生。

  以术求道，以道创新，探索"现代心学"，力克浮躁与浅薄，知而不智，万苦之源。推"国学现代化"与"有中华文化特色的信息化"，学知识，长智慧，享受智慧人生。

  尽毕生之力，且以此养生。故曰"养生新法"，以度未来岁月。

Simon 和 Adele

国际学校

丁澄获美国驾驶执照，今日开福特车，带我去学校观光。

学校绿树环绕，偌大的运动场地，教室宽敞明亮，学生仅百余名，老师可多，学生同时学英语、法语、西班牙语。小天天初来乍到，比比划划，倒也适应。丁澄要每日接送小孩。

附近的公立学校也很好，校车接送小学生，绝对安全。

天天的书包薄得出奇，而国内小学生书包太重太重了。

美国小学生以玩为主，中国以读书为主。动与静，个性与共性，独立与服从。两国教育思想相异，各取其利，有主见与会读书是大相径庭。

封面人物

天天聪明、热情，很快适应了国际学校的新环境，受到同学们的欢迎，老师很喜欢他。

重要的是他自己开心，一个孩子，从上海来到美国，插入二年级，同时开始学习英语、法语、西班牙语，实属难得。天天乐观，比比划划与老师、同学交流。参加音乐剧《狮子王》演出，其中的七首英文歌他全能唱。

老师的评价超级高，学校将他作为封面人物印在招生广告上。

学校自称为 A world class learning school。

天天自称和公公是好朋友。他讨人喜欢，人见人爱。今天老少在家东侧草坪上踢足球，他主攻，我当守门员，在夏洛特冬日阳光下，玩得乐不可支，累得够呛。他趁休息进家拿香蕉、葡萄、草莓，坐在自家的遮阳摇椅上美餐一顿。

小屁孩日记

女儿带外孙 Simon、外孙女 Adele 逛书店，各选自己喜欢的读物。

从市中心回翠屏山，小孩要欣赏南京的新地铁，现代化地铁是一流的。

在地铁中，五岁半的 Adele，拿出刚买的英文书《小屁孩日记》，读得津津有味。周围乘客无不好奇，如此小孩怎能读英文书，真是少见多怪。

地铁中乘客玩手机、打游戏，有谁读书？大人不读书，小孩被迫读书。偶见一小孩读洋文，大为惊诧。

人不读书是悲哀，不爱读书的民族进步困难。

我的生活充满阳光

春节热闹，电话不停，短信不断，情理之中。钟山之巅，秦淮明月，翠屏山居，充满阳光。元宵灯光，五彩缤纷，年轻朋友携恋人逛乌衣巷，也不忘来看望我，近一周忙得真让我不亦乐乎。

Etc 软件公司副总 Wing C. LEE 从美国底特律来宁，相约在新街口张生记酒店见面，陈文亮博士（教授）陪同买单，谈美国风情，侃中国变化。LEE 穿行于中国、美国、台湾地区、香港地区之间，他认为南京最适宜居住，台北最差，这个观点一点不出乎我的意料。十多年了，每年相聚，谈家常，议合作，吹天上，侃人间，友谊荡漾。

IT 价值联盟杜建成先生、福州军区总院陈金雄主任、省党校马贞俊处长、宏图三胞赵德旭执行副总裁、上海州逸酒店和度假村集团朱明生副总裁五人在南京相聚，议及我的演讲"国学与信息社会"及江湖上的传闻，商定一道来拜访我。我热心接待，谈得投机，一见如故，遗憾的是办公室太小，硬板凳都不够，好在各位高朋大度，全不计较。切磋中国信息化之途，我反复强调要搞有中国特色的信息化，观点的交流代替了无价值的寒暄。我谈及 IT 人老一代的遗憾、中生代的困惑、新生代的迷茫，要培养有哲学头脑的IT 人，不要带出一批批"码奴"。告别时向各位赠送了刚出版的《技术与国学》一书，他们均要我签名，我倚老卖老，签上名字。在"奶酪时光"请各位吃西餐，却被杜先生买单，人生无奈，友情难却。

软件高手沈延生博士从杭州来访，他虽毕业多年了，我们还是不定期切磋人生。周良博士出面邀请南大孙正兴博士、王金庆博士，南航陈文亮博士、郑洪源博士、省机关徐晓明博士、翟教授等，欢聚御苑宾馆，高谈东西方教育，特别关注信息领域走向。他们都是师兄弟，如今都肩负重担，聚在一起，不戴面具，毫无顾忌，甚至互相人身"攻击"，彻底放松一把。我开心听着，偶插几句：世事纷飞东流水，今夜有酒今夜醉；心宽松些，心宁静，心干净，活得比我长些就好。

有一年曹力娟在南京师范大学听完我的演讲后，决心投在我的门下。她研究生毕业，是老家村上学历最高者，肩负乡亲厚望，在软件公司努力工作，成为技术骨干，买了房子，近日带男友来看老朽，我催他们快登记结婚，在合适的时间做合适的事。高学历、高智商女性要带点糊涂把自己嫁出去，这是一种智慧。我通牒式地交代，下次来见我，要带好结婚证，他俩频频点头。付出多年的心血，才可以倚老卖老，否则年轻人不理你。

金婧携丈夫刘艳飞来访，我受友人之托对她关照多年，推荐她上名校读研，鼓励她勇敢竞争进入银行工作，找对象帮她当高参，今日看她挺着肚子，老朽开心不已。我从新疆扛回的一对花瓶，早早送给了她，现在被她当宝贝似的收藏在家中。送出门时，我交代，下次一定要三个人一起来才接待，老少哈哈一笑。

乌鲁木齐是遥远的地方，翻过天山，南边的喀什是神秘的乐土，再往西走，阿图什更是迷人的边城。从阿图什出发，许俭余、付云夫妇曾陪伴我游览迷人的新疆。在地球上转悠，还是唐僧西天取经路上，让我心灵震撼！今日许、付携幼宝来宁，有朋从"天外"来，我乐不可支。我破例接送，似一家三代逛南京。他们带来的人参果，我视如珍果，每晨品尝一个，延年百岁。

一周六批访客，友谊荡漾，让我的生活充满阳光。今年寒假重读中国历史，脑海中又梳理了一遍中华优秀传统文化，充实了"国学与信息社会"PPT 内容，坚信国学现代化、有中国特色信息化之路。下周又要去北大 CIO 班讲演，交新朋友，开始新一年的"读书、写作、旅游、演讲"生活。

生命的价值在于传承和创新，幸福寓于这个过程之中。人生要摸索自己的成功模式，要拓展与众不同的发展空间，要形成有自己特色的生活平台。模式、空间、平台三点支撑，乐哉人生。

移动的晚餐

《最后的晚餐》名作无人不知，无人不晓。

《移动的晚餐》却是我的专有。

昨日，周一之夜，孙正兴博士、教授、博导，召集 QQ 博士群成员，聚会于钟山世纪缘 Hotel，大家高谈妙论，悟透人生，赢在云端。这种圈层神侃，无市侩攀附，是当今知识人难得的心灵放飞。

孙博士别具匠心，带来他指导的博士生和硕士生，轮流向在座各位敬酒。我是在座唯一的老糊涂，中年教授、博士们风华正茂，年轻弟子神气活现。三代学人欢聚一堂，尽享中国梦。我是"不扯政治话长远，不发牢骚做实事"。我允诺给第三代讲一次"七十八年的人生智慧"，以回谢年轻博士生的磕头礼。

孙博士倡导的这种知识人上流社会三代人欢聚新方式，值得推广。

（写于南京禄口机场，马上登机啦！从云端去广州白云机场。）

……

周二晚餐将被安排在广州大厦。

周三晚餐将被安排在北京中国科协大厦。

周四晚餐将在南京自己家，享受烛光米酒人生。心宽如海，淡定、淡泊、淡然。

结缘篇

铸钟鞞鼓买祭田，
云冠雪衲聊结缘。
昆仑石壁蛟龙渊，
呵禁守护灵物专。

——方逢振《示湖田庵僧》

丁秋林老师的书

竞争心和平常心相拥共舞！
在人生的舞池中，欢度时光！
永远在乐观中前进，相信明天会更好！

——丁秋林

今年五月的一天，同事打来电话，说要送我一本书。听说是书，当了多年编辑的我，依然还是那么兴奋。

我匆匆赶去，从他手里接过封面以湖蓝为基调的不算太厚的书。顷刻，我眼前起伏的山峦都是那种清澈的蓝，天空是那种淡淡的蓝，还有几缕白云悠然飘浮在那里。当然，以艺术家的视角，这封面的设计并无新意，但在我看来却处处透着一种明丽的美。再看书名，是《技术与人生》，由清华大学出版社出版，作者是我校信息科技与技术学院的丁秋林教授。

我的眼睛再次为之一亮。

原来，丁秋林教授可以称得上我地道的老师。他八十年代在南航原五系任教时，我正在飞行器制造专业读书。读书时每每听人提及丁老师，都是满心的敬仰。以后，也听说丁老师出过英文版的技术书籍，出过中文版的研究专著，但出这种既有技术观点又有人文色彩的书籍，还真是第一次听说。

我是一口气读完这本书的。

这的确是一本很独特的书，书的作者——我的老师丁秋林教授，以当今热门的信息技术为背景，解读着人生、感悟着人生。在这种特殊的解读中，我看到丁老师由于吸纳中华千年文化精华而凝练成的那种豁达和乐观，也感受到了他周游世界、思接古今而陶铸成的心胸和境界，加上书中所蕴含的独特的文化视角，着实让我痴迷。

这是一本古今融会，中外相息，文理相济的好书。尤其字里行间所散发的哲思的光芒，在我看来，就像被我的老师随意地撒落于书中的一颗颗珍珠，也使这本书在我的眼里熠熠生辉。

在书中，我的老师可谓思接千载，却处处有点睛之笔。他从中华先哲的《易经》里，寻觅到当今全球信息化的源头；他将古老的天、地、人、鬼、神与现代企业信息实践结合，赋予它们新的含义；他能从汉字的组合中，得出深刻的做人、做事的原则；他还可以将社会科学范畴中的钱、权、知识，与自然科学的三角形定律结合，从而推导出耐人寻味的结论。这是思想的独创，而像这样的独创在书中也是随处可见。哪怕是谈美国的拉斯维加斯，说"9·11"以及哥伦比亚号，从这些文章的细微之处，我们除了可以发现他对人类所创造的灿烂文化的由衷赞美外，还会被他那些耐人寻味的思虑所打动、所感染。那是属于另一个层面上的思想的独创。

总之，在我眼里这的确是一本难得的好书，值得让人细心品读的好书。

墨 弃

听众来信

丁老您好：

　　今天上午我听了您的讲座受益匪浅，而且非常充实，有种心灵得到净化的感受，在此向您表示感谢。我最敬重的历史人物是清朝的纪晓岚，觉得纪晓岚的晚年隐退生活是"大智慧"。今天听过您的课以后，我觉得您做的事情更有意义。我为现在的中国还有您这样的知识分子感到自豪。

　　今日写信，其实是想有一事相求于您。我再有半个月就要成为一名父亲了，因家离北京比较远，在黑龙江齐齐哈尔，可能来不及赶回去了。为此事我感到心里很愧疚，想求您帮我的孩子起个名字，不知道这个请求您能否答应。您若能给这孩子起名字，是我们一家人的荣幸！

　　我叫王金石，妻子叫孙宇，预产期是 8 月 2 日，大夫说孩子是个男孩儿。我们夫妻都希望孩子的名字儒雅一些。期待您的回信。

　　此致
敬礼

王金石①

---

　　①　王金石是我在北大 CIO 培训班的一名学生。

建筑论文之浅见

一位研究"智慧城市规划设计"的博士生请我帮忙看看他的论文，提点意见。我虽不是该专业的博导，但凭着对该专业的长期关注，倒也有几分心得。

博士论文题目应含三方面内容：

· 概念要新
· 技术要深
· 应用要实

用三角形表示：新在顶，深在左，实在右。三点支撑稳。

建议阅读《美国大城市的死与生》一书，此书在各国为规划设计师必读书，我问过几位国内城市规划大师，均不知此书，甚憾！

建议阅读《第三次工业革命》一书，此书对未来的城市规划有启发。

智慧与智能的概念应予以区别。Smart、Intelligence、Wisdom 在同一篇论文中也应予以区别。

城市规划是个综合性、系统性大问题，仅基于 EA 方法妥否？

你平日的很多精力用于推 CIO，这篇论文却是研究城市规划，两张皮，牵扯的精力太多，能否在 CIO 和城市规划中找一个结合点研究？

时下博士论文假大空的不少，我总建议小、小、小，实、实、实。我有时调侃规划为"鬼话"。

感谢你提供学习交流的机会，不懂乱说几点意见，仅供参考。

老了就糊涂，叫老糊涂。写几句给你助兴，我可晚得老年痴呆症，双赢。

北戴河开场白

连续 5 个夏天游北戴河，空气清新、气候宜人、环境优美。初来时火车站很小，现在是又大又新，迎接来自各地游客。

今年我的报告在礼堂进行，12 个班联合上大课。我的开场白简单清晰：

各位朋友好！

不唱高调，不讲反调，力陈格调。

听得懂，记得住，用得上。

提神，醒脑，养心。

一口气讲三小时，听众十分投入，报我以极其热烈的掌声。翻阅教材，王朔、易中天、于丹的讲稿均在其中，我的也在其中。他（她）们的内容好听，我的好用，各家特色不同。

这次又交了许多朋友，我的最爱是海滩漫步，选购稀奇的珊瑚，千姿百态，洁白超玉。人心若安静与干净似白色珊瑚，人间会少许多纷争。

山海关、秦皇岛、北戴河，三景相依相伴，历尽人间沧桑。世界无大战，世界有大乱。我似野鹤，仰望闲云，做自己的事，走自己的路，过自己的日子。夏日来北戴河，是上苍赐予我的夏天福利！

三位挚友

亲朋好友，多而又多。这次身体出状况，为保证休息时间，一般不接待访客。

三位特别挚友，可得一一接待。

张阿姨，句容人，丈夫是转业军人，转业后一直在南航大做清洁工，为人诚信，口碑很好，各家有难，不计报酬，尽力相帮。张阿姨吃苦耐劳风格在所有人家均展现得一致，得到大家极大信任。多年前她刚进城时，在我家帮工，一做好多年，从未停过。

有次我家来人多，我忙得跌倒，张反应快，立即将我扶起，送往医院抢救，可谓有救命之恩。

她年龄大了，回家带孙子孙女。听说我在美国生病，专门进城，带了土鸡蛋、蔬菜给我，令人动容。

揽翠苑请的是陈阿姨做清洁工，她动作麻利，做事到位。我们出差、出国时，均将钥匙交给她管理，待回来时家里整整齐齐、干干净净。

她为了赚钱养家，换到灵谷寺做整工。我们从美国回来后，她将钥匙、多余的钱交给马老师，请他代为转交给我。令我感动的是，她另外留下钱，给我买营养品。

第三位是小王，她为人非常实在、厚道。买菜、烧饭、搞卫生，全部由她包了。她家小孩读书我提供了建议，做出了引导，所以我家各种杂事她都主动包了。

　　这次我身体不适，她出了大力。过年回来，带来土甲鱼、土菜等，全天然无污染，我们吃了放心。

　　三位帮工，在我身体欠佳时，都给予体贴关心。她们的经济条件都不佳，却在这方面不惜出力，真是三位挚友。我朋友多，无权、无钱、无势的朋友也不少，这是我最得意的地方。

旁侃"爱情"

　　信息时代，移动网络、云计算、大数据，铺天盖地，不乏忽悠，搞得人昏头昏脑；男人、女人、色情、贪官、小三、杀人、放火、偷盗、诈骗、造假，满天飞舞，撩得人神魂颠倒。歌曲、连续剧尽是爱，不知爱什么。微博、微信、易信，叫人快转发，不知道什么是自己的话。网上糟蹋百姓的时光太多了。

　　成长的烦恼，特别是爱情的烦恼，网上不是爱、就是情，青少年要找到刺激与答案，越看越糊涂。今天心血来潮，特旁侃一番爱情，再浪费大家一点点时光。

　　昨晚收到余×从英国伦敦发来的电子邮件，特附上：

丁老师您好！

　　收到您的邮件觉得愧疚万分。忙碌的生活中没能向丁老师及时汇报学习生活却得丁老师记挂，真的很感动。

　　我跟××两年未回国，计划今年圣诞节回国拜访丁老师。

　　现在我俩都已经进入 writing up 阶段，计划今年十月交论文，顺利的话年底能够完成博士论文答辩。博超发了 3 篇 journal、4 篇会议，我有一篇 journal、两篇会议。算是基本完成 publication 的任务要求。

　　我俩的创业项目也在近一年中有了长足的进步。公司网站名为 http：//www.idaoyoo.com/，现在已经成为英国华人导游协会的官方网站，并且与国内的"去哪儿"达成合作协议，将会在六月份上线"爱导游"项目专版。

今年回国一定要见到丁老师细聊此事，听取丁老师的意见。

附件中是我俩的近照。

祝丁老师身体健康，阖家幸福！多出好文影响学生后辈！

××和××

05.06.2014 London，the UK

男生来自徐州，女生来自宜兴。两位在南航大读本科时，听过我的报告，看过我的书，经常与我讨论问题。到大四联系出国时，由我推荐，双双获得英国全额奖学金，又获得国家教委补助国际机票。不花家里一分钱，去英国破格读博士学位。

他们的共同爱好是酷爱学习，真情相伴。他们有花前月夜，校园漫步；但是主题不变：热爱学习，真情相待。他们对于我强调的爱情观，心领神会，我对于他俩也是特别关爱，师生情深。

"成材不要管，要管不成材。"

"不花父母的钱，出国读一流大学，是下一代人才；花几百万出国，读二、三流学校，是下一代包袱。"

"早年出国镀金，后来镀银，现在镀铜，再下去镀易拉罐，吃完就扔掉。"

谈恋爱影响学习，毕业鸡飞蛋打。我的旁侃，他俩有心。

"男生谈恋爱太早，没有志气；女生谈恋爱太晚，缺乏智慧。"应该珍惜初恋，"your first love is very important for young men"，这是一本英文小说的名称。问题不在于谈恋爱，而是不要乱爱，要知道一谈二恋三爱，简称谈恋爱。认真谈，深深恋，久久爱，这才是恋爱之道。他俩将我的旁侃，真的当回事，化解了成长的烦恼，让我也受到鼓舞。

引导学生，关爱子女，人之常情。两个女儿，一个在北京，一个在美国，我没有太多说教，耳闻目睹，潜移默化。现如今她们皆已为人母，又用这一套影响她们的子女。我特别开心的是第三代不要我过问，却受到我的影响：爱读书；待人真诚热情。

大姑娘的儿子，他的卧室就是小图书馆，快速完成作业，自己选择课外书，虽读初中，但知识面可宽，语文、数学、外语总是名列前茅，各种运动特别棒，团结同学，好朋友多。他自己过得好玩，妈妈开心，我是放心。

二姑娘儿子九岁，女儿五岁。小小年龄，在中国、美国、加拿大都有丰富的旅游经验。儿子很有灵性，学什么都快、都会、都像。他踢球，教练说他是用心踢。他写生，老师夸他是小天才。他演节目，活灵活现，长段英文歌曲熟记于心，表情动人。圣诞节，家中客人多，他送给每位的礼物各不相同，得到礼物，人人捧腹大笑，赞美他观察到位。他自己制作礼物，真诚待每位客人。女儿五岁，太有灵气了，几百页的英文小说，她能一口气读三个小时，旁若无人，沉浸于书的情节中。她的阅读理解能力，远远高于同龄儿童。

爱读书，真情待人，定格了人的生活方式与质量。二代、三代传承，此生足矣。我侃的这些其实源于外祖母、母亲，可见中国的家教十分重要。家教、学教（学校教育）、社教（社会教育）三者缺一不可。只有三管齐下，中国梦才会绚丽地呈现在世人面前。

人生不能没有信仰，信仰就是灵魂。人生没有回头路，随步往前走，请别忘老朽旁侃的话"热爱学习，真情待人"。

东海南山

丁老师：

谨以如下新制姓名文义字谜，预祝丁先生八十华诞，福如东海长流水，寿比南山不老松。

这套字谜为学生杜建成原创，内嵌先生所倡和（佛）、正（儒）、清（道）三字。望先生笑纳。

（秋）：祛火方能致其和。（和）

（林）：人人肩上担正义。（正）

（丁）：荷边人立方清净。（清）

杜建成

遥祝陈金大喜

滕立霞和我在美国过年，未及参加你俩的婚礼，特写此信，表示热情祝贺！

一贺镇江增加了一个幸福小家庭，却少了两位自由公民。从今开始，首先想到对方，终生相依相伴，多一份幸福，少一份自由。

二祝两口子过日子，日字是由两个口组成。两个口要一般大，上大下小欠稳，下大上小非日字。两人互助、互信、互补、互敬、互爱。要实，浪漫一点可以，勿过。

三梦想成真，很快有宝宝，让双方父母继续为人民服务。

遥祝婚庆大喜

滕立霞　丁秋林

丁　莉　周登文

丁　澄　赵　禹

智慧城市建设

尊敬的丁教授:

您好!

我是北京市经济和信息化委员会的 LX,冒昧打扰并给您写邮件是因为在网上看到了您关于国学与信息化的一些研究成就,非常受启发,很想与您有进一步的交流。

我所在的单位负责北京市的信息化推进与管理工作,我所在的处室具体负责全市电子政务和信息资源的规划、计划与推进工作。目前,我市正在推进全市智慧城市的建设,过程中遇到了很多问题,相信这些问题对您这样的专家而言是耳熟能详的。

写这封邮件的主要目的,是对您关于国学与信息化的研究及见地很感兴趣,我们朴素地认为,在信息化推进过程中有机、有效地引入国学思想,用国学的方法论和思想体系来审视信息化、电子政务,或许对于当前形势下推进信息化和电子政务大有助益,甚至能有"奇效"。实话讲,我们于此方面的积累和研究几乎是空白,故,很想能当面向您请教,并就双方后续有无可能的合作做一些前期沟通。比如:您有无兴趣给我市相关部门信息化负责同志讲课?

综上,冒昧跟您动议三点建议:

1. 您近期有无计划来北京,若来京的话,我们可否拜访,向您当面请教?

2. 我们出差外地时,顺途拜访您一下,是否方便见面?

3. 注意到您网上的文章是在 2011 年 3 月前发表的，近 3 年来相信您又有新的研究进展，可否与我们共享？

实在是对您的研究很有兴趣，不揣冒昧了。若有打扰，还请您多多包涵。

期待您的回复，谢谢！

祝您工作顺利、身体健康！

致礼！

北京市政府经济和信息化委员会

LX

信息社会如何弘扬国学

　　D先生是中国软件界有名的思想家，主持完成过多项国家级大型项目，多次参与973项目评审，培养了许多人才，望高德重。某年他应邀来南京主持学术会议，第一天他主持，第二天他却"溜"号，到我家来聊天，我们谈笑甚欢。此后，他南下，我北上，往往相聚，切磋学术观点。老了交朋友，是纯正的爷儿们老朋友。

　　他送我一篇短文《我起码活到120岁》。作者郑集是国内最长寿的教授，出生于1900年，刚过完110岁生日。D先生很自信，认为郑老的长寿秘笈，他基本上都做到了。我送他一本我刚在美国写的《旅美散文选》。智者之交，一文一茶，淡雅清心，我主张过茶寿，108岁也。

　　我这次来北京大学做两场报告，题目是"国学与信息社会"，向D先生介绍了九大部分的要点，他边听、偶记、时问，切磋交流，兴趣盎然。

　　讨论到我报告的系统性是怎样形成的，我总结为：早年专讲技术；慢慢技术中加些人文；再将技术与人文同重；转而以技术为背景谈人文；随着对国学的涉猎日深日广，我研究信息化也已几十年，逐渐选定"如何在信息社会弘扬国学"，最后确定"国学与信息社会"这个方向。边讲边系统化，做开拓性学问，真非一年之功。

　　"在自己喜爱的事业中不停地工作着，就能坦然地长命百岁。"

我看透了人生，看透不看破，每天做自己喜欢做的事，以自己喜欢的方式玩，不被东西南北风吹得头晕。"惑"字，皆因心中的选择太多。我一生胸无大志，仅做三件事：读书用功，教书用心，著书用脑。

D先生对如何在信息社会弘扬国学提了许多高见：

建议组织团队，带年轻人，将丁的系统化思想传承下去，对社会有益。

应争取立项。

进一步加强系统性、科学性。

应出书，附带光盘与录像，重观点，文字可少些。

建立学派，将志同道合者拢起来。

我会注意系统性与科学性，更重视实用性与现代性。十分感谢D先生的高见。

我现在把读书、做研究当作"玩"。以术求道，以道创新，以文会友，仙游四方。立项太烦，出书太难（烂书挣钱，好书难出），文坛水浑，做个独行者，个人在国内外玩玩而已，时入世，时忘世，时出世，儒、道、佛兼修，游弋于中西文化之间，快哉人生！

国学与信息时代演讲稿

北京大学
PEKING UNIVERSITY

国学与信息时代
Sinology and Information Time

丁秋林（Ding Qiulin）
教授、博导（Prof FRAeS CEng）

qlding@nuaa.edu.cn

2014年6月15-21号

听得懂

记得住

用得上

不唱高调

⬇

不讲反调

⬇

力陈格调

一叫领导是迷魂汤

不称领导交朋友 ➡ 二称领导是麻醉剂

三呼领导是春药

四唤领导是毒药

引言
（Introduction）

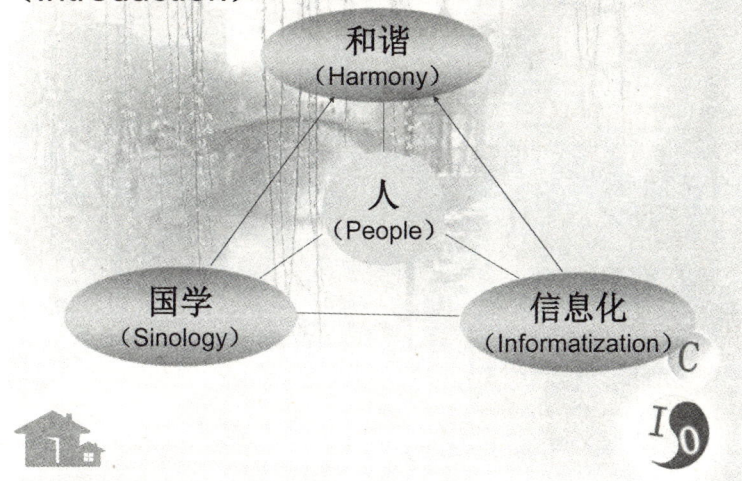

和谐
（Harmony）

人
（People）

国学
（Sinology）

信息化
（Informatization）

C
I O

和谐新解
Word Explanation to "Harmony"

"和" ➡ 禾 与 口 (seedling & mouth)
【hé】　　 —— 人人都有饭吃
　　　　 (everybody has food to eat)
　　　　 物质文明 (material civilization)

"谐" ➡ 言 与 皆 (speak & all)
【xié】　 —— 人人都有言论自由
　　　　 (everybody has freedom of speech)
　　　　 精神文明 (spiritual civilization)

C
I O

极其乐观的思想者

自由自在的演讲人

丁秋林教授

Prof. Ding Qiu Lin
an optimistic thinker and
a free speaker

目录
(Contents)

引言 (Introduction)
第1篇 大智慧 (Grand Wisdom)
第2篇 智慧链 (Wisdom Chain)
第3篇 智慧人 (Wise Person)
第4篇 智慧心 (Wise Heart)
第5篇 慧通天下 (Universal Wisdom)
第6篇 创新转型 (Innovation & Transformation)
第7篇 国学现代化 (Modernizing Sinology)
第8篇 中国特色信息化 (Informazation with Chinese Characteristics)
第9篇 人生设计 (Life-cycle Design)
尾声 (Epilogue)

第1篇 大智慧
(Grand Wisdom)

1.1 世界总模型
1.2 信息化源头
1.3 中华文化源头
1.4 爱情图腾

什么是大智慧？

易·太极就是大智慧，不但是中国的大智慧，也是世界的大智慧。

易·太极？大智慧？

先让我们来看一看太极图是怎么画的，"易"这个汉字又是怎么写的吧。

太极是什么

开门见山，用散文笔法、论文观点、科普形式，混为一体，便于官民老少，工农文理，雅俗共赏！

世界总模型

信息化源头

太极

中华文化源头

爱情图腾

太极——世界总模型

我在多次国际计算机学术会议上大谈"世界总模型"。教授、专家、博士都在研究各种具体的模型，如IBM抛出的人脑模型。

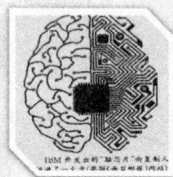

我提出的问题是

什么是世界总模型？

与会学者诧异！根本没有思考过这个问题。

太极——世界总模型

我用"电脑·投影仪·PPT"打出亮丽的太极图，从哲学高度论述太极图是世界总模型，世界上万事万物皆有两面，太极图的精确、自然、和谐，让洋人叹服。

太极——世界总模型

太极图最早是谁画的？有人说是韩国人，我说"NO"。是中国先哲画的，中国人2 800年前在长期观察大自然的基础上，画出太极图，韩国人建国才几百年。太极是东方信息思维模式的最高最完美的体现。

147

太极——信息化源头

六十四位机

十六位机

八位机

人说信息化是源于美国，互联网上有一种说法，"信息化源头其实在中国"，此话出自我的报告。信息化又称数码化，数码有十进制与二进制，有了二进制，用电位高低表示两种状态，$2^0=1$，$2^1=2$，$2^2=4$，$2^3=8$，$2^4=16$，$2^5=32$，$2^6=64$，据此，出现了软件，出现了单片机，八位机，十六位机，六十四位机，……

太极——信息化源头

太极图准确地描述了两种状态，称其为信息化源头，是天经地义的事。有人不以为然，去年比尔·盖茨声称"我的信息化创意来源于太极"，引发大众的哗然。

八卦与二进制

000 地	☷	坤（0）	代表地
001 山	☶	艮（1）	代表高山、陆地
010 水	☵	坎（2）	代表月亮
011 风	☴	巽（3）	代表风
100 雷	☳	震（4）	代表雷
101 日	☲	离（5）	代表太阳
110 泽	☱	兑（6）	代表海洋、河流
111 天	☰	乾（7）	代表天

道德经与二进制

- "道德经"：道生一，一生二，二生三，三生万物。
- 天地万物只有一没有二，二是两个一，三是三个一。
- 一之前是零，零不是没有东西，零代表无量数、不可知数、无穷数，它是有的也是空的。
- 道家把零画成一个圆圈，圈内又分阴阳，就是太极图。
- 一和零就是二进制。

"0，1"是哲学概念
　道生一
　　　一生二
　　　　　二生三
　　　　　　　三生万物
"1"来自"0"，"0"代表没有，代表无穷，
　　　　　　　代表太空，代表本体。

太极——中华文化源头

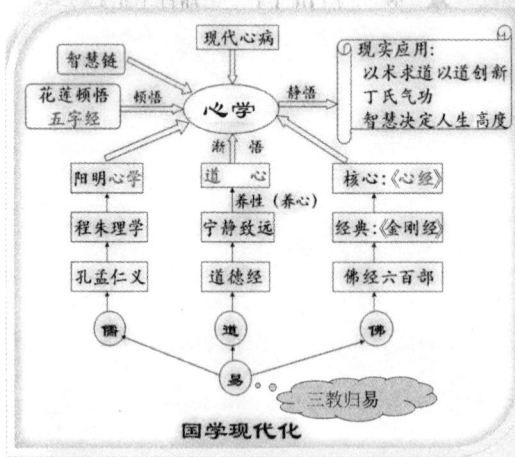

中国历史上曾有百家争鸣的年代，那是短暂的；多数时期由帝王倡导的一家占优势，儒、道、佛三家轮流坐庄，各领风骚一个时期。民间始终以佛为主，官场多数以儒家为主导。

儒

佛

道

太极——中华文化源头

现代心病

智慧链

花莲顿悟
五字经

顿悟

心学

静悟

现实应用：
以术求道以道创新
丁氏气功
智慧决定人生高度

新悟

阳明心学

道心

核心：《心经》

程朱理学

养性（养心）

宁静致远

经典：《金刚经》

孔孟仁义

道德经

佛经六百部

儒

道

佛

易

三教归易

国学现代化

儒、道、佛三家无不受太极的影响，这方面的论述多如牛毛，我以左图略述其脉络。

太极——爱情图腾

谈恋爱，一谈二恋三爱是循序渐进的过程。现代闪婚、闪离，皆因缺少这个过程。

谈

爱

恋

太极——爱情图腾

爱情的图腾！

然和谐，是爱情的最高境界，是太极，阴阳合抱，阴阳相生，自

理解太极图腾的真谛，可悟出爱情保鲜的方法与技巧，做到姻缘长长久久。

"缘"是一个机遇，"分"却要靠智慧。

第2篇 智慧链
(Wisdom Chain)

2.1　信息链
2.2　智能链
2.3　智慧链

信息链

数据　• 数据放在环境中，产生信息

信息　• 信息中寻找规律，得到知识

知识　• 数据→信息→知识形成信息链

智能链

指导博士生，进行了多年智能链的研究，在国内外发表了许多有价值的论文。这个领域的理论和实践均在蓬勃发展，是工业和IT的主攻方向。

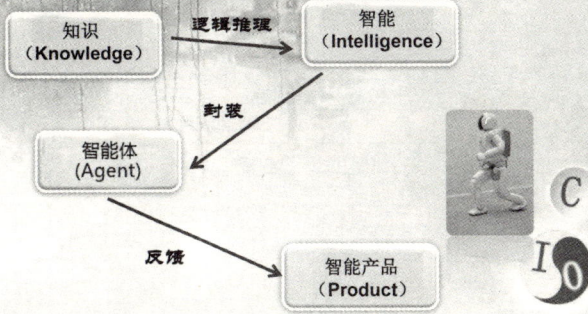

知识（Knowledge）　逻辑推理　智能（Intelligence）

封装

智能体（Agent）

反馈

智能产品（Product）

智慧链

本人进行多年实践、思考、分析，对比中外链接文理，跨学科研究，提出智慧链概念，在学术和产业界广受欢迎。

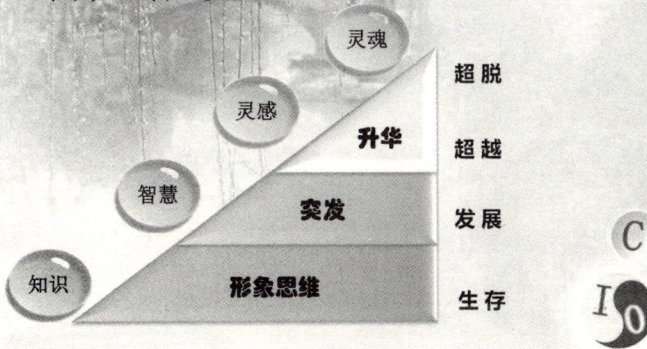

灵魂　超脱

灵感　升华　超越

智慧　突发　发展

知识　形象思维　生存

信息、智能、智慧链
Chains of Knowledge, Intelligence & Wisdom

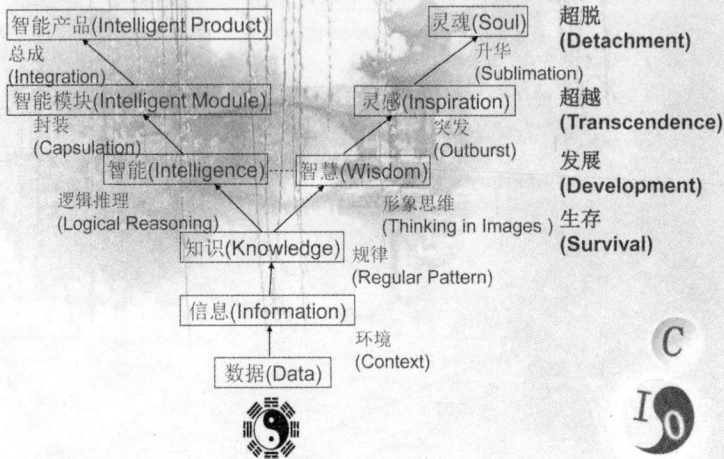

智能产品(Intelligent Product)　　　　灵魂(Soul)　超脱
总成　　　　　　　　　　　　　　　　　升华　(Detachment)
(Integration)　　　　　　　　　　　　　(Sublimation)
智能模块(Intelligent Module)　　灵感(Inspiration)　超越
封装　　　　　　　　　　　　　突发　　　　(Transcendence)
(Capsulation)　　　　　　　　　(Outburst)
　　智能(Intelligence)‑‑‑‑智慧(Wisdom)　发展
逻辑推理　　　　　　　　形象思维　　　　(Development)
(Logical Reasoning)　　(Thinking in Images)　生存
　　　　知识(Knowledge)　规律　　　　　(Survival)
　　　　　　　　　　　　(Regular Pattern)
　　　　信息(Information)
　　　　　　　　　　环境
　　　　数据(Data)　　(Context)

第3篇　智慧人
(Wise Person)

3.1　　君子自强不息

3.2　　"人"字新解

智慧人　　君子自强不息

智慧
自尊　自豪

自信
自强
自爱
自谦

自律　　　　　　自省

自由　　　　自在

智慧

美德　　　　才干

智慧决定人
生高度
德是水之源
才是水之波

人类正快速进入信息社会，
现代人面临严峻挑战与难得机遇。

如何成为富有智慧的现代人？
下面列出蕴含传统与现代相结合的

"五剂良方"

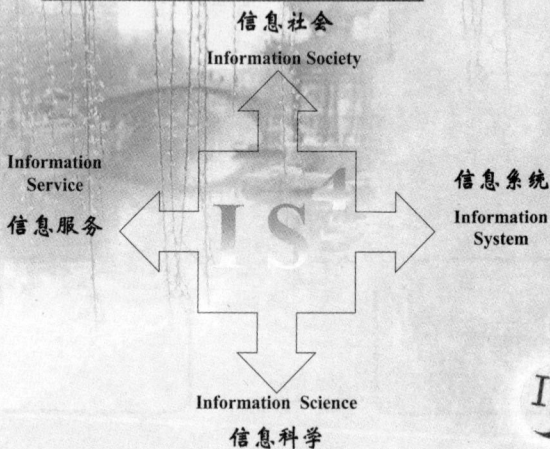

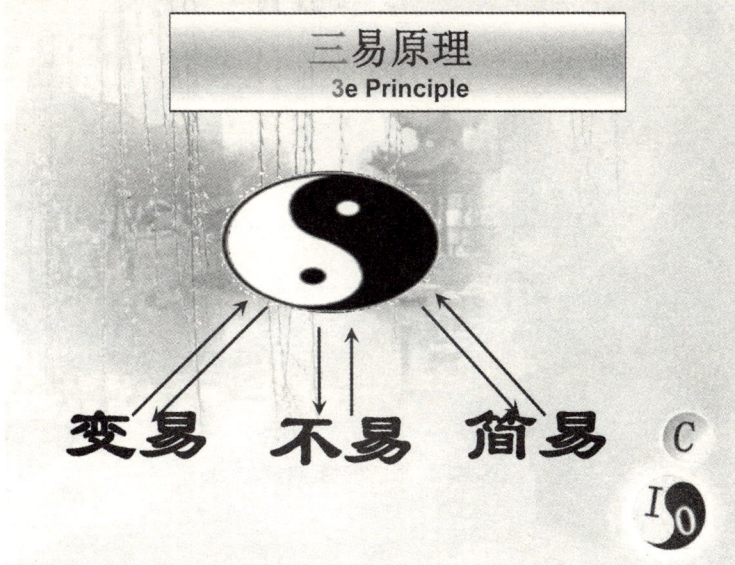

三易原理
3e Principle

变易　不易　简易

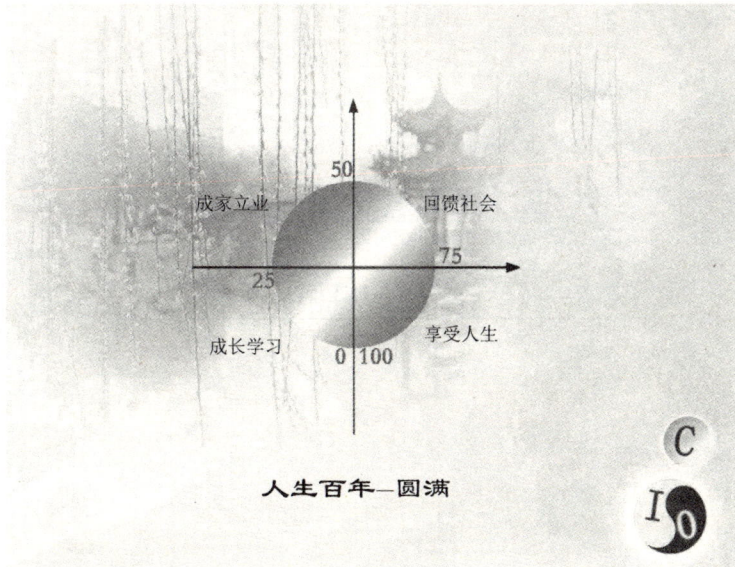

人生百年—圆满

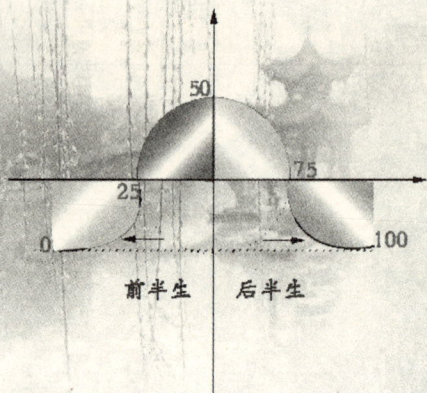

人生百年—常态曲线

人生无时无刻不在变，

这是《易经》中的变易原理。

158

变中应该有不变的部分，今用传统文化中的
"五行"，旁解如下：

➤ 金：人生诚即是金。

诚实于己，面对现实，诱惑太多，杂念
不断，导致自己包装自己，自欺也！

诚实于人，损人利己的苦果是损人不利
己。

➤木：十年树木，百年树人。

我特崇拜松树，黄山的迎客松，长在
悬岩上，劲姿迎人。

我特欣赏酒泉航天基地额济纳旗沙漠
上的沙枣树，大漠荒沙，天老地荒，
她竟然傲天而立。

松树与沙枣树是我终生的偶像。

159

➢水：钟情于海水、泉水。
　　　我刻意在太平洋两岸、大西洋两岸、
　　　印度洋两岸游览，面向大洋，触摸海
　　　水，海涛拍岸，拓宽了我的胸怀。
　　　我常哼哼"泉水叮咚响"的民歌调，联
　　　想到蝴蝶泉边的泉水淙淙，心自然静
　　　下来。
　　　大海的辽阔，泉水的宁静，别样人生。

➢火：篝火给人以温暖，温情待人。
　　　人间拥挤，活得都不容易，难免肝火旺
　　　盛，要包容别人的火，别人火气来了，
　　　用水浇之，再来火，再用水浇，"淡"字
　　　就包容了这些意思，淡然处之。
　　　君子绝交，不出恶言。

淡

➢土：大地生长万物，不求回报。
 <u>人生应刻意付出，不求回馈。</u>
 浮云游子，乡土情怀，大地最美的地
 方还是故乡临川。
 地球上最可爱的还是中国的黄土地，
 出访他国，耳边总会响起费翔所唱的
 小曲《故乡的云》，心底里酷爱黄土
地。

人生万花筒，千变万化。

人心中的金木水火土情怀应是不
变的，这可理解为《易经》三原
理中的<u>不变原理</u>。

人生：

有人将简单事情复杂化。

我总将复杂人生简单化。

这就是利用《易经》三原理中的简易原理。

易经玄奥，我将《易经》三原理作一番旁解，
以愚见引发朋友的智慧！

五气修养
5Q Self-cultivation

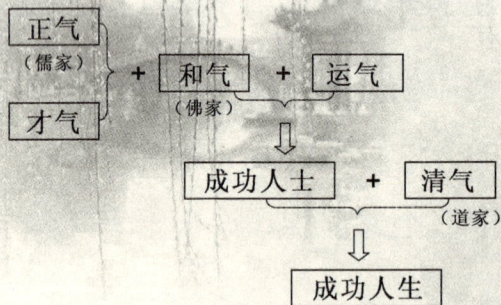

正气
（儒家）
+ 和气 + 运气
才气
（佛家）

成功人士 + 清气
（道家）

成功人生

正、和、清是中华传统文化的精髓

七彩人生
7 Colored Life

身体　家庭　正气　运气　和气　才气　清气

C IO

人生七调

生命长河，恰似落基山脉蜿蜒万里。大自然触发灵感，我写了"人生七调"，词如下：

人品	冰山似洁白
心绪	雪原似宁静
思维	峡谷似深邃
双眸	高山湖泊似明亮
心胸	草原似辽阔（出落基山，即进入大草原）
意志	（落基山）岩石似坚韧
生命	（雪原边缘）小花似顽强

七调组成美妙动人的人生欢歌，待高徒谱曲。大自然七景，彩虹七色，音乐七调，人生七品均不可或缺，缺一即不和谐。

163

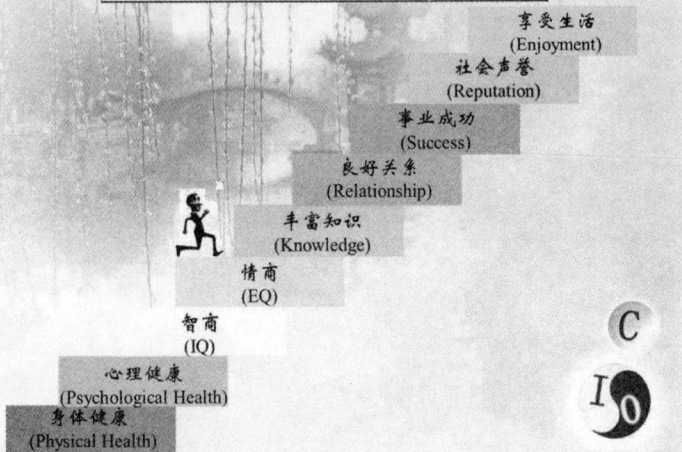

九重天
9 Steps to Heaven

享受生活
(Enjoyment)

社会声誉
(Reputation)

事业成功
(Success)

良好关系
(Relationship)

丰富知识
(Knowledge)

情商
(EQ)

智商
(IQ)

心理健康
(Psychological Health)

身体健康
(Physical Health)

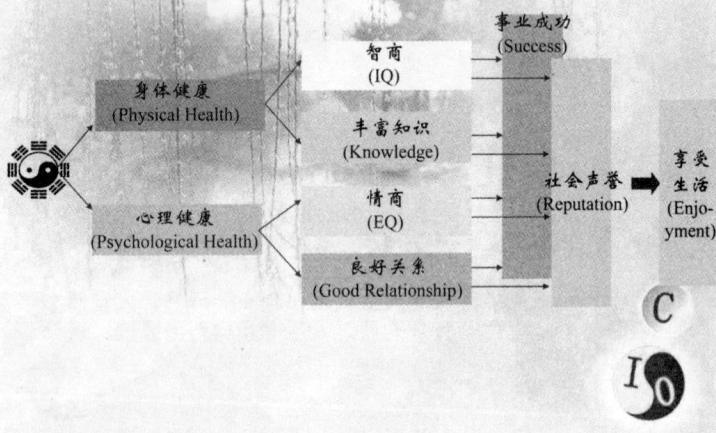

信息时代需求论
Hierarchy of Needs in Information Time

身体健康
(Physical Health)

心理健康
(Psychological Health)

智商
(IQ)

丰富知识
(Knowledge)

情商
(EQ)

良好关系
(Good Relationship)

事业成功
(Success)

社会声誉
(Reputation)

享受生活
(Enjoyment)

164

第4篇　智慧心

（Wise Heart）

4.1　心与四大名著

4.2　心与集成

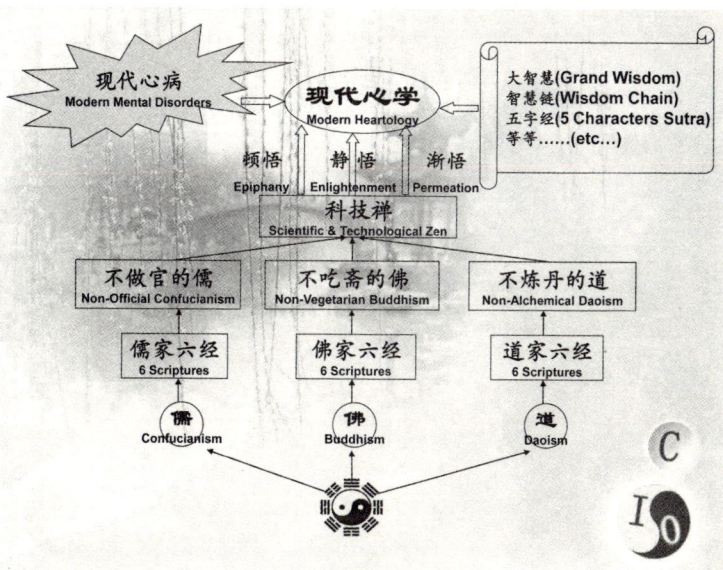

现代心病
Modern Mental Disorders

现代心学
Modern Heartology

大智慧(Grand Wisdom)
智慧链(Wisdom Chain)
五字经(5 Characters Sutra)
等等……(etc…)

顿悟　静悟　渐悟
Epiphany　Enlightenment　Permeation

科技禅
Scientific & Technological Zen

不做官的儒
Non-Official Confucianism

不吃斋的佛
Non-Vegetarian Buddhism

不炼丹的道
Non-Alchemical Daoism

儒家六经
6 Scriptures

佛家六经
6 Scriptures

道家六经
6 Scriptures

儒
Confucianism

佛
Buddhism

道
Daoism

心乱

苦闷烦躁

心静/净

平和宁静/净

心空

空旷无垠

C
I O

心学大道 (The Way of Heartology)

心空
顿悟 ↑
心净
静悟 ↑
心静
渐悟 ↑
心乱

心学大道

C
I O

167

人类极需心的宁静

人类极需慢下来，找到思考的时间和空间。

人类的所有问题在于无法独立宁静地坐下来
思考。大脑慢慢思考，才会敏锐。

网上见多识浅，使人类变得浮躁浅薄。

淡定心态，大脑宁静，会有不随世事而变的
快乐；会有不随世态炎凉而起伏的积极
人生。

《金刚经》

《金刚经》是佛教最重要的经典。鸠摩罗什所
译全名为《金刚般若波罗蜜经》（约5 180
字），最为流行。唐玄奘译本则为《能断金
刚般若波罗蜜多经》（约8 208字），为鸠
摩罗什译本的一个重要补充。

《金刚经》通篇讨论的是空的智慧。一般认为
前半部说众生空，后半部说法空。

《心经》

《心经》指摩诃《般若波罗蜜多心经》（约**260**个字），是《佛经》中字数最少的一部经典著作，因其字数最少、含义最深、传奇最多、影响最大，故和尚天天念此经。

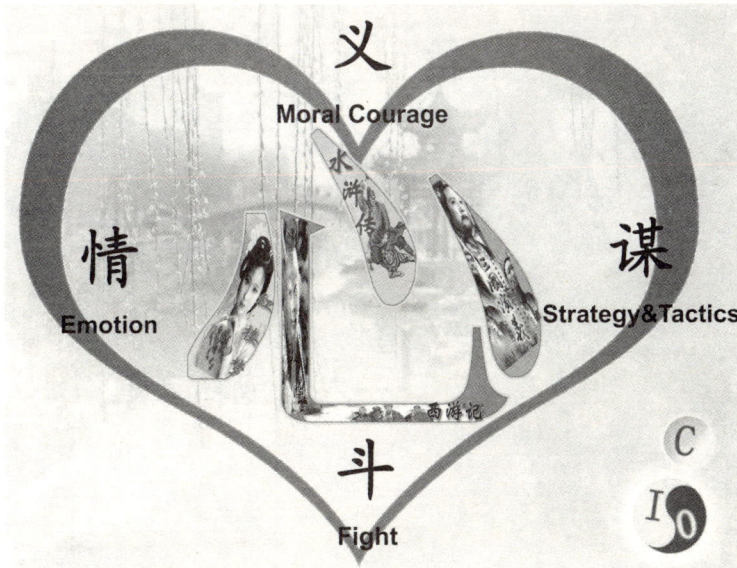

集成

↓

心

心：

左一点代表"情"——《红楼梦》
上一点代表"义"——《水浒传》
右一点代表"谋"——《三国演义》
下一勾代表"斗"——《西游记》

四大名著要用心读。时情时义时谋时斗，关键是要整合，用心去整合，整成一个"心"字。

道·路

竞争心是"路"

----人生必由之路

平常心是"道"

----人生成功之道

竞争心与平常心
相拥共舞

在人生舞池中欢度时光！

以古悟今——《五字经》

所见必有所蔽，天下之道各分，原可以合。
每个人都有自己独特的生存体悟，
我对《佛经》的悟解为《五字经》，30字，
易懂好记好用：

人生多付出；
付出则心安；
心安则气顺；
气顺则有序；
有序则健康；
健康则长寿。

丁秋林

第5篇 慧通天下

（Universal Wisdom）

5.1　　入　梦
5.2　　敏　思
5.3　　勤　干
5.4　　慎　言

心学大道 (The Way of Heartology)

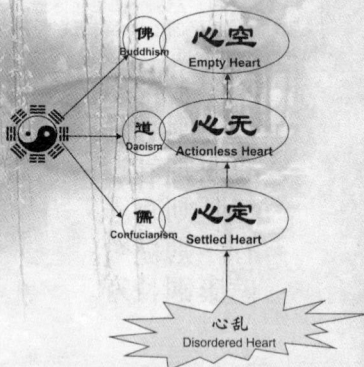

佛 Buddhism — 心空 Empty Heart

道 Qaoism — 心无 Actionless Heart

儒 Confucianism — 心定 Settled Heart

心乱 Disordered Heart

慧通天下

国学必须与时俱进：
积累（**Accumulation**）
吸收（**Assimilation**）
包容（**Accommodation**）
应变（**Adapt**）

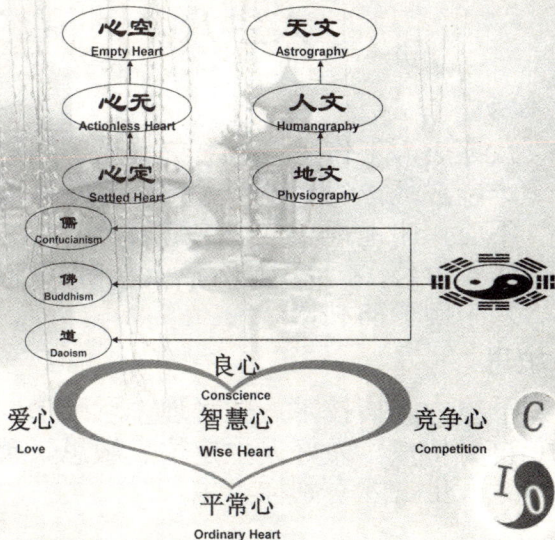

173

天地人文 （Three Graphies）

WWW

天文
Astrography

人文
Humangraphy

地文
Physiography

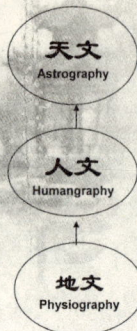

World Wide Wisdom （普世智慧）

人生八字

入梦

八零后，工作受气、对象难觅、蜗居憋气、难题成堆，心神不定，郁郁寡欢，叫天天不应，叫地地不灵。这是表象，心态阳光，永不言愁，才是年轻人腾云驾雾的神器，跃入中国梦的利器。

敏思

干体力，搞技术，做管理，玩政治，根据自身特点，做好人生定位。敏思，善于思考人生，才有别样人生。

勤干

　　人生多付出，刻意付出，随意回报，幸福人生。把勤干修炼成习惯，习惯决定人生。

慎言

　　年轻人寒窗苦读，初涉社会，千万别指点江山，品头论脚，说长道短，否则第一仗就会败下阵来。工作以成败论英雄，敏思、勤干、慎言。出活的人，哪里都能出头，出活才出头；不慎言，麻烦丛生。

四面佛

　　四面佛保佑四方，接受四方信徒朝拜。我对四面佛另有他解：

　　正面：心态阳光面对世界（训练自己用积极的观点看待世界）。现代科技推动社会快速变化，五彩缤纷，光怪陆离，物欲横流，道德缺失，丑态百出，现实一团糟。三十年阶级斗争，物极必反，转而搞经济；三十年建设，一切向"钱"看，有识之士开始反思，转而提出科学发展观，人们心灵终有回归日。乱世出英雄，如三国时期；现世出人才，如中国崛起。把握时代快速变化出现的机遇，心态阳光，成为信息时代的新人才。

右侧：心态阳光面对单位（学校、企业、机关……）。商场、官场皆名利场；教育产业化，后患无穷；时下连佛门也不清静，寺庙也在捞钱。人生都有局限，都得在一个单位生存发展，只有在局限中求最优解，不能当现代"隐士"、"怨士"、"愤青"，心态阳光,尽力为周边的苍生做点好事。有人善于接收正面信息，也有人对负面信息十分敏感。

后侧：心态阳光面对家庭。家庭是人生减压的避风港。官场、闹市非心灵久驻之地。"恩爱家庭"是小说家为谋生而臆造的，矛盾家庭才是现实。家庭不是讲理的地方，只有宽容才能化解矛盾，尽力使家庭和谐。离婚率屡屡攀高，望准备离婚者迷途知返！

心态乐观，觉得出问题自己应付得来的人，会以各种方式受益。在外用大气化解矛盾，在家用豪气享受娇气。

左侧：心态阳光面对自己。不怨自己智商低，我是笨鸟先飞，多点努力。不怨个子长得不高，只要有才，照样有人爱。不怨生不逢时，人躁我不躁，心静致远，别样人生。乐观的现实主义者，工作成功，健康快活。

修炼成四面佛

把自己修炼成四面佛，
　　从根本上改变心态，
　　　　会引发人生的积极变化。

佛在心中，
　　人人皆可修炼成四面佛！

177

三教相通

儒家的"定"，佛家的"空"，道家的"无"，三家都有极高的哲学智慧。

在渐修人生历程中，我顿悟到一个"通"字，儒、道、佛三教是相通的。儒家讲人伦之和，佛家讲众生之和，道家讲天地之和，"和"是中华传统文化的支柱。

三教和谐相通，从中悟到这个"通"字，有三层含义：想通是人生一种境界；沟通是一种能力；变通是一门艺术。

通：想通、沟通、变通。"三通"让人走上智慧之人生旅程，达到神通的境界。

想通　沟通　变通

想通：对人、对事、对物都要想得通，想不通是人生的悲哀，知而不智，万苦之源。想通会产生莫名其妙的精神力量。想通是人生一种境界。

沟通：学会沟通，通则不痛。不会沟通，谈不成对象；成家会离婚；团队会散伙；国家会瘫痪。沟通是各专业的必修课。沟通会产生势不可挡的执行力。沟通是一种能力。

变通：在约束条件下求最优解，聪明到极点谓之中庸。会变通是一种享受,助您克服任何艰难险阻，化解仇恨，解决难题。变通是一门艺术。

通则不痛：想通、沟通、变通。"三通"让人走上智慧之人生旅程，达到神通的境界。（详见《现代修养》一文。）

三教对比

	儒	道	佛
鼻祖	孔夫子	老子	释迦牟尼
宗旨	修身、养性、齐家、治国、平天下 立德、立功、立言	道法自然 无为而治 功成、名遂、身退	自我解脱（小乘）普渡众生（大乘）心即是佛（禅宗）
风范	入世 拿得起	忘世 想得开	出世 放得下
经典	《论语》	《道德经》	《金刚经》
师徒	有问必答	答非所问	问即是答
俗比	粮食店	药店	百货公司
学派融合	儒、道、佛三教相融于一体，可形象地比喻为青叶、红花、白藕，同属莲藕的有机组成部分		

勤干成习惯

习惯
决定
人生

C
I O

三知

知足：人生，钱多多着过，钱少少着过，人心不足，一生难过。知恩图报，孝顺父母，知足不贪，尽力付出。

知不足：人生不断地格式化自己，科技推动思想解放，网络让人视野开阔，不停学习，不断创新，追求智慧人生，永无尽头。

C
I O

知进退：信息时代扑面而来，资讯瞬息万变，机会多多，压力空前。商场、官场、学场皆名利场，人生难脱"名利"二字，为名利而生存奋斗，无可厚非。最为重要的是要知进退，只知冲冲冲，会心力交瘁，甚至身败名裂。打工皇帝唐骏，缺乏诚信，学历造假，年薪超亿，却出洋相。

有人不知足，贪心膨胀；
有人不知自己的不足，总是怀才不遇；
有人在职场不知进退。
三不知的人，只有小聪明，没有大智慧。

文人傅大士
　见梁武帝的故事

　　身披袈纱　　佛家
　　脚穿儒鞋　　儒家
　　头戴道冠　　道家

学境
　　　　　不入流的儒
　　　　　不吃斋的佛
　　　　　不炼丹的道
　　　　儒、道、佛兼修

慎言

水多深，
水多浑，
水多黑，
水多臭，
搞不清，会进水牢

强人装熊

强人　强人虽强，左边一把弓，弯弓才能射大雕，不能弯的弓，只能摆在庙堂，供游人观赏。

装熊　熊者真能，下驭四点，江河湖海，心胸开阔。不要逞能，哪怕你能。

这是大自然中人类的生存法则！

人生八字是大智若愚

入梦	修成	信徒
敏思	达到	三通
勤干	成为	习惯
慎言	记牢	三知

一生不玩人，凭良心

一生不被人玩，靠智慧

第6篇 创新转型
(Innovation & Transformation)

6.1　工程实践者
6.2　计算机科学家
6.3　企业管理者
6.4　心理学家
6.5　哲学家
6.6　科技散文作者
6.7　自由自在演说家

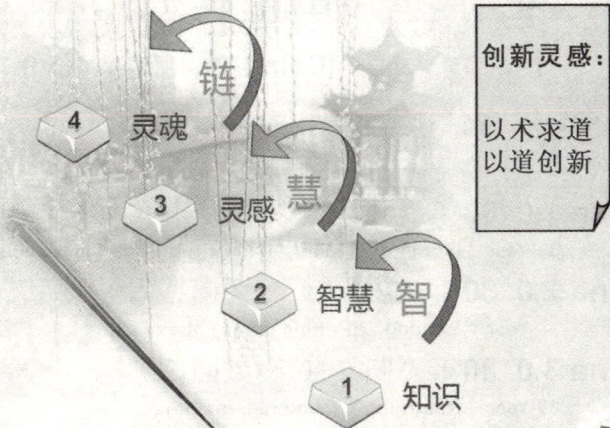

创新灵感：

以术求道
以道创新

4　灵魂
链

3　灵感
慧

2　智慧　智

1　知识

灵魂（Soul）

升华
（Sublimation）

灵感（Inspiration）

突发
（Outburst）

智慧（Wisdom）

形象思维
（Thinking in Images）

知识（Knowledge）

智慧链
（Wisdom Chain）

创新（Innovation）

固化
（Solidification）

灵感（Inspiration）

隐喻
（Metaphor）

智慧（Wisdom）

通感
（Synaethesia）

知识（Knowledge）

智慧型创新
（wisdom Innovation）

中国转型
(China Transformation)

China 1.0 30年"斗"（以阶级斗争为纲）
30-Year "Fighting" (Taking class struggle as the key link)

China 2.0 30年"赚"（一切向钱看）
30-Year "Earning" (Putting money above all)

China 3.0 30年"归"（心灵回归）
30-Year "Returning" (Mind regression)

人的转型
（Person Transformation）

Person 1.0 政治人（Political Person）

Person 2.0 经济人（Economic Person）

Person 3.0 智慧人（Wise Person）

心的转型
（Heart Transformation）

Heart 1.0 非理性心（Irrational Heart）

Heart 2.0 理性心（Rational Heart）

Heart 3.0 智慧心（Wise Heart）

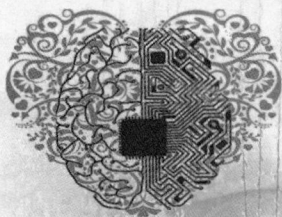

脑的转型
（Brain Transformation）

Brain 1.0 脑洗刷（Wash Brain）

Brain 2.0 脑可因（Coin Brain）

Brain 3.0 脑分化（Differentiate Brain）

云的力量

社会转型

China 1.0 "斗"

China 2.0 "钱"

China 3.0 "心灵回归"

科学发展观 平衡中庸和谐

中国大地正掀起网络反腐风暴

微博使每个人可成为反贪侦探

云的力量在于推动转型

信息社会从量变到质变，现发展到云的阶段，是质的飞跃。

抓住"云计算"、"云服务"、"云安全"等，极其重要。

云
云计算、云平台、云服务……
更重要的是云安全、云智能、云智慧、云文化。

189

大数据（**big data**）更重要在于大主意（**big idea**）

移动互联网（**mobile Internet**）将超越那些已经成为定式的思维和模式。

第7篇 国学现代化
（**Modernizing Sinology**）

佛学中国化

- 佛家吸纳儒家的中国特征
- 佛家吸纳道家的中国特征

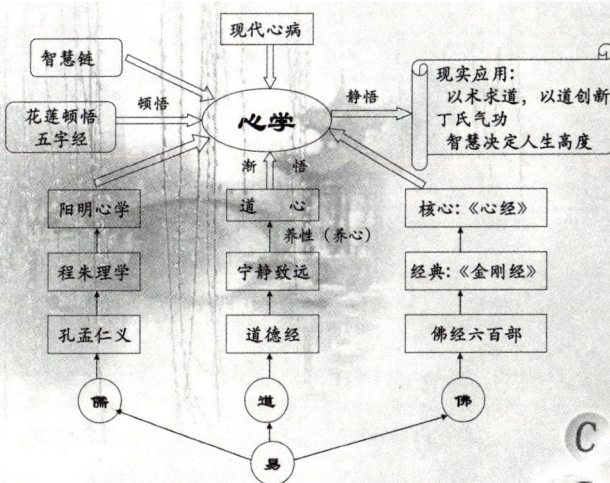

国学现代化

191

从俗到佛

亻弗

亻山

亻曾

亻需

亻谷　（马斯洛心理学）

"佛学佛教"基本概念

佛教		佛学
佛家	佛	佛经
		佛法，佛理
（师）	（佛）	（经）
烧香拜佛出家		读经
求保佑		修养心灵

智者读经不拜佛，修养心灵；愚者拜佛不读经，求保佑。
诸佛讲法，皆治心病，古今同理。

佛性

理性

魔性

C
I O

学佛

经典：《金刚经》

核心：《心经》

现代：《五字经》

C
I O

佛学三大概念

因果
转世
色空

《红楼梦》谈佛悟禅，
可阅读红楼梦理解佛学三大概念

孔子 仁

仁知仁知仁知
者者者者者者
寿乐静动乐乐
     山水

孔子居首 仁

公元前**213**年秦始皇开始焚书坑儒，**2 201**年后，世界上最权威的两本著作却给予孔子极高的评价。**1988**年，美国的《世界名人大辞典》和英国的《人民年鉴》均推选孔子为"世界十大著名思想家"。

孟子 义

生于忧患，死于安乐；
得道多助，失道寡助。

孟子 名轲，字子舆，是战国时期儒家代表人物之一，也是中国古代伟大的思想家，教育家，著有《孟子》一书，属语录体散文集。

老子 道德

道德经

有舍有得，不舍不得；
小舍小得，大舍大得；
欲求有得，先学施舍。

第一次大融合

儒道+佛

儒道佛

儒家　孔子　　　仁
　　　孟子　　　义
道家　老子　　　无为
　　　庄子　　　清静无为
佛家　释迦牟尼　空

儒道加佛，第一次文化大融合，形成三家店

儒、道、佛三家是中华文化的三大支柱

儒道佛
　　　渗入海洋文化
　　　　科学民主概念的传播

　　　这是第二次大融合，严重消化不良

仁义道德

历代伪君子：
　　　满口仁义道德
　　　一肚子男盗女娼

五四运动打倒孔家店！

时下孔圣人又吃香了，
孔子学院如雨后春笋！

五子

儒家
　　孔子　仁
　　孟子　义
道家
　　老子　无为
　　庄子　清静无为
马家
　　毛子　斗 (逆向思维)

信息时代扑面而来

信息文化无孔不入
深受年轻人欢迎

这是第三次大融合

创新路

传统文化如何传播**?**
（烧香、拜佛，年轻人无兴趣）
海洋文化如何消化**?**
（**CHD**文化泛滥）
信息文化如何赋予中国特色**?**
（树种歪了）

无神论演变成无信仰！
重建信仰，如何建**?** 要走创新路！

逆向思维

文人读庄子，各有各的解读
"俗"人读庄子，俗务缠身，
我试着在信息时代，
从创新角度解读庄子
人曰：盗亦有道
庄曰：道亦有盗
庄子的逆向思维，实在是高！

纵思横想

时代有需求，潜心研究，真会出大才
现在搞项目：

　　　　逢场作戏

　　　　　作秀

　　　　　忽悠

过分讲究包装
做事不实，玩人一流，现在又玩洋人。
我纵思横想，静心从创新的广角，解读庄子。

庄子简介

庄子　伟大的思想家
　　　　哲学家
　　　　文学家

战国时期人，
是道家学说的主要创始人，
与道家始祖老子并称为"老庄"。

读"庄子"

古人读"庄子"，各有一套，如苏东坡、曾国藩。
故人读"庄子"，如台湾南怀瑾。
今人读"庄子"，如刘心武、王蒙、易中天、于丹。

我非文人，懂现代生产、管理、科研，从信息时代
思路解读"庄子"。老瓶灌新酒，不是网上灌水。
古今多少事，都付恶搞中！
读书，需要一种境界。好书，会影响人的一生。

十大创新

像 子 莊

逍遥浪漫　　　　　　天籁之声

天道自然　　　　　　文风之新

天人合一　　　　　　幽默之妙

无为而治　　　　　　寓言之奇

入世出世　　　　　　思维之特

丁秋林读庄子

技术(火)　Technology(Fire)

人(木)　Human(Wood)

经济(土)　Economy(Soil)

信息(水)　Information(Water)　政治(金)　Politics(Metal)

学习国学的窍门

《易经》………… 源头
《道德经》……… 哲学
《孙子兵法》…… 战略战术
《三国演义》…… 案例

第8篇 中国特色信息化
（**Informatization with Chinese Characteristics**）

信息化成败关键

天·········理念
地·········实际
人·········人才
神·········领导
鬼·········阻力、陋习

IS⁴：广义IT
(IS⁴ :Generalized IT)

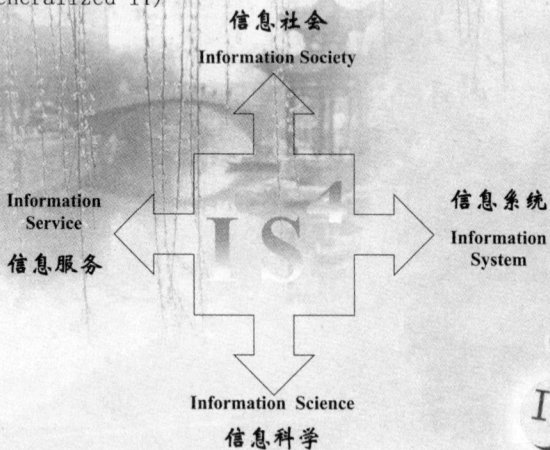

信息社会
Information Society

Information Service
信息服务

IS⁴

信息系统
Information System

Information Science
信息科学

广义CIO
(Generalized CIO)

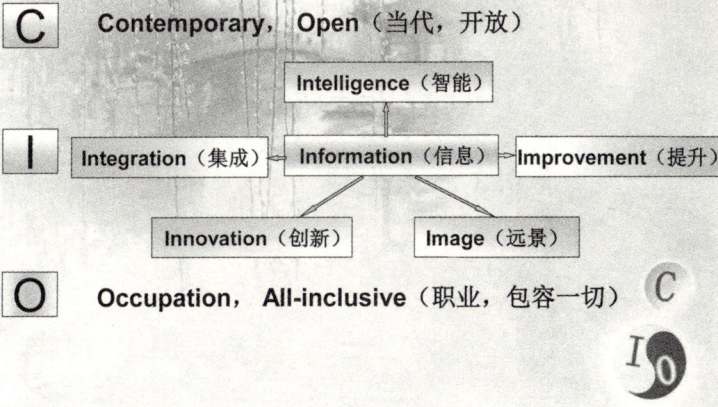

C　**Contemporary，Open**（当代，开放）

Intelligence（智能）

I　**Integration**（集成）⟷ **Information**（信息）⟷ **Improvement**（提升）

Innovation（创新）　　　**Image**（远景）

O　**Occupation，All-inclusive**（职业，包容一切）

DISH：中国特色信息化
(Informazation with Chinese Characteristics)

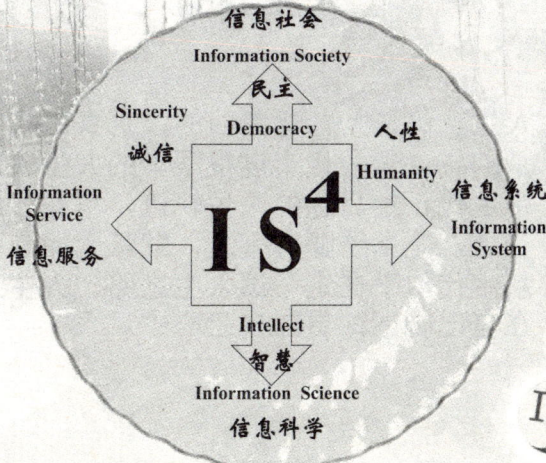

信息社会
Information Society

民主
Sincerity　**Democracy**　人性
诚信　　　　　　　**Humanity**

Information　　　　　　　　　　信息系统
Service　　IS^4　　**Information**
信息服务　　　　　　　　　　**System**

Intellect
智慧
Information Science
信息科学

第9篇 人生设计

（**Life-cycle Design**）

9.1　人生百年
9.2　人生三坐标
9.3　人生梦

人生轨迹

人生轨迹总是弯弯曲曲的，直直的人生路是幻想。老一代走过很艰辛的人生轨迹；中生代正走另选的人生轨迹，华丽演出者有之，花拳绣腿者有之，默默无闻者有之；新生代似乎在走考试人生之路。人生之路在自己脚下，更在自己心中。

同流不合污

水深水浑水黑水臭：
　不知水多深，
　　水浑而木讷，
　　　水黑而糊涂，
　　　　水臭而不闻，
糊里糊涂被人带入水牢而后悔莫及。

牵手与分手

　少年
　　青春
　　　壮年
　　　　老年
　　　　　暮年
力争事业成功，力避人生失败

五字经

人生多付出
付出则心安
心安则气顺
气顺则有序
有序则健康
健康则长寿

Five
Characters
Sutra

人生三坐标 **KIWI：三维人生**
(Three Dimensional Life)

智能创造
Intelligence
Creation

Y

Z

智慧沉淀
Wisdom
Deposition

智慧成果
Intellect
Fruit(KIWI)

O

X

知识积累
Knowledge
Accumulation

国际出版社出版，在英国Chichester、美国New York、加拿大Toronto、澳大利亚Brisbane印刷，全球发行。

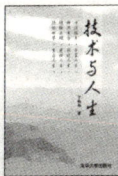

消躁剂

养心丸

心灵宝石

科技散文

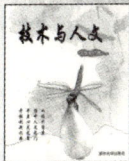

降压灵

海峡两岸人文之旅

　　从技术视角，推开人文之门，开启心灵之窗，开拓创新之路。
　　科技人员，有感而发，有"情"可抒，写点散文，以释胸怀，即可谓科技散文。

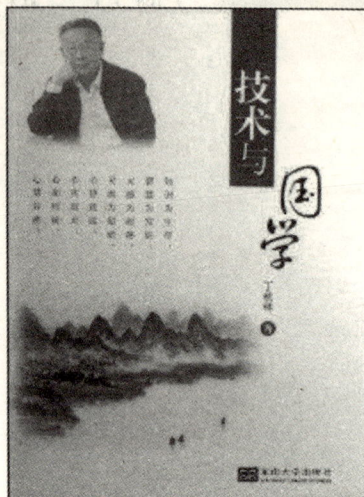

西藏神游

雅鲁藏布江横渡
人生自在

高原大峡谷历练
人生浪漫

布达拉宫悟藏佛
人生几何

西藏仙行

帕米尔高原万里行，人生逍遥！

西陲天山布道游，人生自在！

火焰山历练，浪漫人生！

国学—人生—创新

国学	人生	创新
太极	一揽全局	IS四次方
易经	三易人生	广义IT
五行	五气原理	BAS
八卦	七彩人生	AMIT
儒家	九重天	以术求道
道家		科技散文
佛家		教育思想
古典文学		智慧链

尾声
(Epilogue)

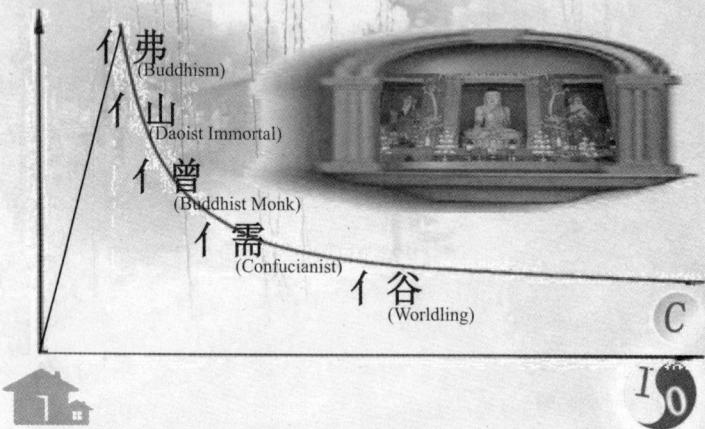

亻弗
(Buddhism)

亻山
(Daoist Immortal)

亻曾
(Buddhist Monk)

亻需
(Confucianist)

亻谷
(Worldling)

永远在乐观中前进
相信明天会更好！！！

丁秋林
2014年1月

Prof. Ding

丁秋林，博士生导师，南京航空航天大学（NUAA）信息学院和机电工程学院资深教授。国家特殊津贴获得者。英国皇家航空学会高级成员（FRAeS）、英国皇家特许工程师（CEng）、英国剑桥世界名人录传记人物（IBC Cambridge the 27th Edition）、美国世界名人录传记人物（Who's Who in the World the 15th Edition）、国际先进制造技术杂志编辑部成员（Springer）、国际Ellis Horwood科技出版社专著作者。迄今培养了博士后4名、博士53名、硕士105名。

- E-mail：**qlding@nuaa.edu.cn**
- 微信号：dqiulin0813

智慧名言

命运是一种局限，人生在局限内寻找最优解。

人生有高必登，智慧决定人生高度。

人生多付出，付出则心安，心安则气顺，气顺则有序，有序则健康，健康则长寿！

以术求道，以道创新，心静致远，布道四方。

灵感点亮我的生活，让我情怀浪漫，创意无限！

永远在乐观中前进，相信明天会更好！竞争心与平常心相拥共舞，在人生舞池中闪光！

跋：穿越半个世纪的智慧

    2008 年，那时我还只是出版社的一名编辑。偶然在书店看书时，一本散文书让我拿起来就再也放不下了，索性坐在楼梯的水泥台阶上慢慢看。这本书的独特之处，是以科技为背景，用散文的形式谈人文思考，文字淳朴清新，读起来很轻松，但看似朴素的道理下却藏着哲理的灵光。我仿佛坐在一叶扁舟上，顺着缓缓流淌的河水进入一个澄明、安宁的世界。出于对这种新颖的思维模式的喜爱，我决定斗胆向这本书的作者丁老师约稿。

    未见丁老师之前，他身上耀眼的光环让我犹豫。他是南京航空航天大学的资深教授、博士生导师、英国皇家航空学会高级会员、国际高级制造技术杂志编辑部成员、《英国剑桥世界名人录传记人物》和《美国世界名人录传记人物》中收录的传记人物，等等。虽然得到了同意约见的回复，我还是在丁老师办公室外的走廊里徘徊了许久。终于，隔着门隐约传来的清越的古筝曲给我壮了胆。我想，热爱音乐的人，他的内心也应该是柔软的吧。丁老师来开门的一瞬间，我忐忑不安的内心顿时平静下来。他慈祥儒雅的外表非但没有一点大牌教授的架子，反而让人非常想亲近他。道明来意后，和蔼亲切的丁老师告诉我，他在清华大学出版社已经接连出了 3 本科技散文集：《技术与人生》《技术与人文》《技术与和谐》。最近应台湾成功大学等单位和朋友之邀去了一趟台湾，确有一本新的散文集刚写就，可交给我出版。我有点恍惚，在淡雅的古筝声和热茶散发出的沁人香气中，不到半小时，丁老师就如此信任地把出书这样的大事交给了我。3个月后，《海峡两岸人文之旅》一书终于出炉，书里未用任何华丽辞藻，却尽显人世真情。很快，还散发着淡淡油墨香的第一版即销售一空。

后来我有幸陆续参与了《技术与智慧》《技术与国学》，包括本书《科技散文》的编辑工作，并见证了：丁老师以一个理工科教授的独特视野和博大情怀辛勤地将古今贤人智慧哲理的种子遍洒各地，让绚烂的思想之花开在有心人的心尖上。我心里默默发愿：一定认真充当栽花人的助手，协助先生将"以术求道，以道创新"的思想布道四方。

6年里，随着和丁老师不断深入的接触，我越来越觉得这位奔八的老人身上散发着智慧的灵光，他的人生非常契合王国维对人生境界的诗哲体悟。

王国维年轻时曾说，一切有大学问、成大事业者，无不经历如下"三境"。一是"昨夜西风凋碧树，独上高楼，望尽天涯路"；二是"衣带渐宽终不悔，为伊消得人憔悴"；三是"众里寻他千百度，蓦然回首，那人却在灯火阑珊处"。细细体味这些诗语，丁老师的人生当真贴合了这段千古箴言。

第一境是立志抉择，即"咬定青山不放松，立根原在破岩中"。20世纪六七十年代正是"文化大革命"在中华大地上如火如荼之时，很多科研工作者被迫停止了工作。丁老师没有因受到各种排挤而一蹶不振。他独攀高楼，选择了最值得自己走的一条路，申请到最艰苦的兰州基地，埋头搞军工科研。从设计到工艺，从计算分离部件的爆炸螺栓到开挖工艺装备的地脚螺栓，从钣金零件成型到铆接、焊接产品，他将自己隔离于所有的政治风暴之外，咬定科研不放松。

第二境是执著奋斗，即"宝剑锋从磨砺出，梅花香自苦寒来"。丁老师从北航毕业，所学专业本是飞机制造，在航空制造这个研究方向上算得上是位领跑级人物，已完成多项国家重点应用研究项目。但随着70年代初计算机技术的起步，丁老师敏锐地预见到计算机与航空制造两个专业完全可以相互交叉、相互融合起来。随即，他抛开了所有的荣誉光环，潜心钻研计算机辅助设计与制造技术。白天，他是负责任的导师，在机电工程学院认真备课上课，学生交上来的作业或论文被红笔批满各种建议和思想。晚上，他变身为勤奋的学生，在信息科学与技术学院啃下一本又一本厚重的专业教材。游弋了365乘以3个寂静的夜晚后，丁老师在信息化应用领域的开创性研究终于开花结果，在国际著名的 Ellis Horwood 科技出版社出版了英文专著《计算机辅助设计和制造工程几何》。这本书出版至今已三十多年了，目前仍是美国麻省理工大学向学生推荐的公开教材之一。当年丁老师成为南京航空航天大学少见的信息科学与技术学院和机电工程学院双料博导。既然选定了自己的路，无论多坎坷，无怨无悔。

第三境是豁然开朗，即"踏破铁鞋无觅处，得来全不费工夫"。多少人羡慕丁老师拥有英国皇家航空学会高级会员的头衔，而且是大陆获此殊荣的第一人，却没有人知道这个荣誉背后丁老师付出的辛劳。他在欧洲做访问学者期间放弃了休息时间，用英文写出十几篇极富研究价值的科研论文后，向英国皇家航空学会申请成为其会员。学会邀请21名世界顶尖级航空制造专业的教授级专家组成答辩委员会对丁老师进行严格的资格审查答辩。丁老师凭借丰厚的专业素养和高超的实力，以精彩的答辩最终赢得所有专家的好评，全票通过答辩。不管经历多少次的山重水复，最终命运还是公道的，天道酬勤，修成正果。

丁老师的科学家身份绝对没人质疑，而我更喜欢、佩服的是他的杂家身份。爱因斯坦作为高端的物理学家，亦能将小提琴拉得流畅优美。达·芬奇作为著名的画家，也能设计出各种用途的机械。他们都不局限于某一个领域，在艺术、科学、技术领域都有超凡表现。丁老师也不是一个死死扣住科学不放的科学家，实际上他灵巧地穿越了工程技术的表面，洞察着深刻的社会实质，用智慧和知识惬意地享受人生。

我读丁老师的《出访日记》，听他介绍周游世界的趣闻轶事，世界地图上密密麻麻插满的小红旗代表了他曾带夫人游玩过的国家，以为他是一位世界级导游；读《老舍茶馆杂感》，听他徐徐讲述茶的分类和品茶知识的茶文化，认定他是一位深谙茶道的清士；读《梁武帝的故事》，脑海中是一位博学的文化大家，掌故野史信手拈来；读《觅访三教寺》，惊讶于他对三教的研究，准确领悟了儒家济世救人、道家清修无为、佛家待人慈悲的各自特色；读《追"星"》，竟发现他对网络红人、国内外体育明星、电影明星的动向如数家珍。这是一代杂家的风范，长期耕耘、四面开花，对各种领域都敢涉及、能深入。

作为一名教授，丁老师除了在科研上硕果累累，他把更多的时间和精力放在了教书育人上，并以此为乐。

他教给学生以严谨。对"马大哈"型，做事大大咧咧的学生，帮助他们改正粗心的坏习惯，一遍不行，两遍，两遍不行，就接二连三，从三到万，从无脾气。他教给学生以踏实。对"心猿意马"型，不能安心做研究的学生，丁老师却什么话都不说。一年365天，除了必要的对外联系外，在剩下的300多天里，他50多年如一日地每天早上6点多坐在研究室开始工作。丁老师以身教教导他们做人做事要踏踏实实。他教给学生以真诚。对"害群之马"型，喜欢走

捷径的学生，丁老师将自己的所有知识和技能倾囊传授于他们，极力营造一个公平公正的治学氛围，真诚地希望他们都能超越自己。

在从教的 50 多年里，丁老师培养了 160 多位博士后、博士、硕士。现在他们都活跃于各项技术前沿的同时，还是习惯于在碰到各种烦心事的时候，来向丁老师倾诉。每次，丁老师都是循循善诱，为他们解开心结。他多么希望学生们失意时坦然，马失前蹄在所难免；得意时淡然，汗马功劳何足夸耀。作为龙的传人，骑上骏马，天马行空于浩瀚天际。

2005 年，丁老师七十大寿之际，海内外弟子云集南京为先生贺寿，贺仪是一尊福鼎，上面刻着学生送给他的一副对联：

半世纪，学兼中外，博古通今，泰山北斗；

五十载，栉风沐雨，教书育人，桃李天下。

这副发自学生肺腑的对联是对丁老师潜心播种爱的事业的最高褒奖！

张玉玲

2014 年 5 月 2 日于玲珑阁